오
후
의
글
쓰
기

오후의 글쓰기

지은이 이은경
펴낸이 임상진
펴낸곳 (주)넥서스

초판 1쇄 발행 2021년 2월 22일
초판 2쇄 발행 2021년 2월 26일

출판신고 1992년 4월 3일 제311-2002-2호
주소 10880 경기도 파주시 지목로 5
전화 (02)330-5500 팩스 (02)330-5555

ISBN 979-11-91209-77-8 03800

www.nexusbook.com

자발적 글쓰기를 시작하는
어른을 위한 따뜻한 문장들…

오후의 글쓰기

이은경 지음

Qrious

프롤로그

글을 좀 써볼까 싶은 마음이 일기 시작했다면 혹은 마침 지금 작고 초라해보이는 글을 끄적이던 중이었다면 반갑습니다, 맞게 찾아오셨습니다.

뭐라도 쓰지 않으면 기적은 일어나지 않는다는 사실, 바라는 만큼 시간을 실컷 쏟으라는 조언, 글감, 단어, 문장을 어떻게 수집하고 내 글에 쓸 수 있는지 등 글쓰기의 진짜 비결을 알려드릴 테니까요. 바라는 게 있다면 갖은 노력을 기울여서라도 내 것으로 만드는 경험을 벽돌처럼 쌓아 올려보는 게 진짜 어른 아닐까요?

글쓰기 수업인 척하고 있지만 실은 어른인 우리를 위한 나직한 위로입니다. 고달픈 일상을 살아내는 어른인 우리에게 글이라는 위로를 전하고 싶습니다.

어른이 된다는 것, 어른으로 살아간다는 것이 이토록 끝없는 분주함, 복잡함, 피로함의 연속인 줄도 모른 채 몹시 급하게 어른이 되어버렸습니다. 학교 다니면서 때마다 시험을 보고, 친구들이랑 어울려 놀다 보니 어느새 훌쩍 어른이 되어버렸달까요. 이렇게 빨리 어른이 되어버릴 줄은 정말 몰랐습니다.

내 어린 시절에 올려다본 어른들은 일상의 복잡다단한 일들을 한결같은 덤덤한 표정으로 처리해버리고는 눕자마자 맹렬히 코를 골아대는 사람들이었습니다. 이른 새벽부터 부엌에서 마당에서 온갖 덜그럭 소리를 내며 어제 아무 일 없었다는 듯 하루를 시작해버리는 신기한 존재이기도 했고요. 내 식구 굶기지 않는 것이 어른으로 살아가는 유일한 소망이자 보람이었던 그 시절에는 어쩌면 그런 단순한 일상이 가능했는지도 모르겠습니다.

더욱 솔직하게는, 그때가 지금보다 나았을 거라 믿고 싶은 못난 마음도 있습니다. 나도 어른이 되면 그렇게 무심한 듯 막막하게 살게 되리라 기대하기도 했습니다만.

조금 복잡해졌습니다, 어른으로 살아간다는 것이.

노력만으로 되지 않습니다. 몇 배는 더 노력하는 것 같은

데 제자리입니다. 노력한 만큼 초라해집니다. 어떻게 살아야 잘사는 건지 아무리 되물어도 답은 떠오르지 않습니다.

그래서 지금부터 어른의 글쓰기 수업을 시작하려 합니다. 사는 게 복잡하게 느껴질 땐 써야 합니다. 쓰기만큼 사람을 단순하게 만들어주는 노동이 없습니다. 어른으로 살아내는 피곤함을 쓰는 것으로 이겨내면 좋겠습니다.

아무리 어른이라 해도 이 책과 만난 이상, 당분간 매일 제가 맞은편에 앉아 낮고 고운 목소리로 자분자분 잔소리를 늘어놓겠습니다. 어릴 때는 일기 안 쓰냐는 잔소리를 듣기만 하면, 쓰기 싫어서 미쳐버릴 것 같은 마음에 당장이라도 호흡이 멈출 것 같더니 언제부턴가 누군가의 잔소리가 아쉽더군요. 여러분도 그렇지 않나요? 이제 그리운 그 잔소리, 제가 해드리겠습니다.

이제부터 여러분께 속이 빤히 보이는 시시하고 하찮은 핑계 집어치우고 그냥 좀 앉아서 쓰기 시작하라고 잔소리를 해대려고 합니다. 쓸 거면 좀 더 매끄럽게 잘 쓰든가 재미있게 쓰든가 하라고 읊어대겠습니다. 잔소리라고 다 같은 잔소리가 아님을 보여드리겠습니다. 잔소리의 품격을 경험하게 해드리겠습니다, 라는 거창한 말을 일단 뱉고 보겠습니다.

네가 뭔데 대놓고 잔소리를 하는 거냐 물으실까 봐 잠시 소개하겠습니다.

저는 매일 쓰는 사람입니다. 5년 전, 불쑥 글을 쓰기 시작해 첫 책을 냈고, 그간 부지런히 12권의 책이 나왔습니다. 첫 장을 쓰던 날부터 지금껏 매일 썼고, 그중 여러 날은 겨울잠 자듯 웅크리고 앉아 종일 썼습니다.

그렇게 열심히 쓰기 전에는 어쩌고 살았는지 궁금하실 수도 있겠네요. 아예 쓰지 않던 사람이었습니다. 근무하던 초등학교 교실, 우리 반 아이들의 학기 말 성적표에 채워야 했던 몇 줄의 담임 의견도 버거워 이리저리 자료를 찾아다니던, 쓰는 것과는 한참 거리가 멀었던 경기도 어느 동네의 평범한 칼퇴근 전문 공무원이었습니다. (교육대학교 출신 초등학교 교사로 15년을 보냈습니다.)

지나는 길에서라도 잠시라도 글을 좀 배웠느냐면 그것도 아닙니다. 뜀틀을 구르고 교생 실습을 하며 초등교육을 전공했고 발령 후 교실 안에서 지지고 볶으며 글이란 것과 뚝 떨어져 지냈으며 그 와중에 건져낸 자격증이라면 음악 줄넘기, 동화 구연 3급, 스카우트 지도자가 전부입니다. (그 흔한 워드 프로세스는 세 번 떨어지고 접었습니다.)

검색하면 나오는 책 쓰기 특강은 비싸서 엄두가 나질 않았고, 블로그를 꼼지락거리며 알토란같이 운영해오다가 운 좋게 출판 관계자의 눈에 띄어 책 좀 써보시겠냐는 제안을 받아본 경험도 없습니다. 반 아이들이 교탁 위에 쌓아 올려놓고 간 일기장을 펼쳐 빨간펜으로 따옴표를 찍어주고, 띄어쓰기를 고쳐주던 시간이 혹여라도 보탬이 되었다면 그랬을 수는 있겠습니다만.

'타고났다'라는 칭찬은 때로 실례가 됩니다.

성취를 위해 들였던 무수한 애씀을 '타고났다', '내력이다'라는 애매한 어휘들로 가볍게 정리해버릴 때가 그렇습니다. 올림픽 금메달을 걸고 돌아온 선수가 지난 몇 년간 견뎌야 했던 인내의 시간을 더듬는 영상을 보며 감동하지만 잠시입니다. 돌아서면 '그래도 운동은 타고나야 하는 거지, 열심히 한다고 아무나 저렇게 되는 게 아니야'라는 간결한 결론에 닿기 원합니다. 누군가의 탁월함은 타고난 덕분이라고 여깁니다. 그게 편하니까요. 간단하고요. 꾸준하고 고통스러운 훈련을 인정하며 그들의 노력을 닮으려 애쓰는 것보다 내게 결코 없는 타고난 우월한 유전자의 존재를 인정하는 편이 몹시 위안이 되기 때문입니다. 일단, 내 맘 편한 쪽으로 결론을 내려놔야 나도 숨을 좀 쉬지 않겠습니까.

글에 대한 오해도 비슷합니다.

어느 종목이나 비슷하겠지만 이 구역도 지극히 그렇습니다. 타고난 글쟁이가 있습니다. 있어야 말이 됩니다. 인류 중 누군가는 칼질도 톱질도 펌프질도 못하지만 글솜씨 하나만큼은 타고났겠지요. 그렇다 치고. 여기서 우리가 쉽게 놓치는 가장 중요한 사실이 있습니다. 글솜씨를 타고난 사람과 우리가 사랑하는 작가는 일치하지 않는다는 것입니다. 타고난 것으로 써낸 글은 우리가 예약 주문을 해가며 기다린 그 책에 담긴 글이 아닐 가능성이 매우 높다는 의미이기도 합니다. 저 역시 대한민국이 사랑하는 몇몇 작가들은 빼도 박도 못하는 어마어마한 글솜씨를 타고난 게 분명하다는 결론을 내려버리고 싶었습니다. 그럴 뻔했습니다. 내 글이 초라하고 작아보일수록 애초에 특별한 무언가를 타고나지 못했음을 핑계 삼고 싶은 유혹에 수시로 빠집니다. 어른의 글쓰기는 우리가 흔히 사랑해 마지않는 작가들이 실은 쓰는 재주를 타고나지 않았음을 인정하는 데에서 시작되어야 합니다. 여러분도 저도 그들도 시작점은 어느 정도 다르지 않음을 인정해야 어른입니다.

내내 쓰지 않던 사람이 떠밀린 듯 바쁘게 쓰기 시작했고 당최 멈출 생각이 없어 보이자 궁금함을 감추지 못하는 주변인이 늘어나기 시작했습니다. 당연한 일입니다. (제가 저의 주변인이었어도 궁금해서 못 견뎠을 겁니다.) 갑작스러운 글쓰기 동기, 과정, 비결, 방법, 결과, 수입을 나름의 방식으로 물어왔습니다. 어쩌다 글을 쓰게 된 거냐고, 어디서 배운 거냐고, 어떻게 하면 그렇게 쓸 수 있는 거냐고 물으며 눈을 반짝입니다.

'글쎄요, 비결이랄 게 어디 있나요. 그냥 쓰는 거지요'라고 무심하게 넘기며 머리칼을 쓸어 넘겨야 근사해 보일 텐데, 근사하지 않지만 제게는 비결이 있습니다. 분명히 있습니다. 타고나지 않고 배우지 않은 사람이 작정한 듯 어느 날부터 노트북을 끌어안고 계속 쓰다 보면 무언가가 소복이 쌓이게 마련입니다. 글쓰기는 글쓰기로밖에 배울 수 없습니다.

저 또한 글쓰기로 글쓰기를 배웠고 그것을 나누고 싶습니다.

저의 것을 가져가 조금이라도, 잠깐이라도 쓰는 사람이 되어주십시오. 타고나지 않아도, 누군가의 명령이나 부탁을 받지 않아도 소처럼 묵묵하게 외롭지만 홀로 쓰는 일을 지속해주십시오.

시작하기 전에 확인해야 할 중요한 사실이 있습니다.

이 책은 당장 글 쓰는 일로 생계를 꾸려갈 작가가 되기 위한 비법을 담고 있지 않습니다. 하지만 이 책의 조언대로 실천하다 보면 언젠가 저와 같은 작가가 될 수 있음을 분명히 말하고 싶습니다. 아래의 경험이 내 것이라 생각된다면 분명히 이 책 속 글쓰기 조언은 당신의 것입니다.

1. 이제껏 누군가가 내게 글을 써달라고 부탁한 적 없다.

2. 그런데도 나는 왠지 뭐라도 계속 써야 할 것 같은 부담이 있다.

3. 그래서 여러 번 글쓰기를 시도했지만 내리 실패했다.

4. 하지만 이번에는 굳은 마음으로 꾸준한 글쓰기에 성공하고 싶다.

5. 그리고 이왕 쓸 거면 잘 쓰고 싶고 잘 썼다는 칭찬을 듣고 싶다.

내 얘기라고 느껴지셨나요? 반갑습니다. 제대로 찾아오셨습니다. 같이 시작해봅시다! 번번이 실패했던 글쓰기, 이번에는 성공하길 진심으로 바랍니다. 하지만 바라기만 하지 않겠습니다. 로또 당첨을 간절히 바란다면 일단 5천 원을 들고 복권방에 들러야 하는 것처럼 저는 여러분의 글쓰기를 위해서 소처럼 성실하게 저의 일을 하겠습니다. 제대로 걷어붙이고 돕겠습니다. 지치지도 않나 싶은 마음이 들

만큼 꾸준한 태도로 잔소리를 이어가겠다는 의미입니다.

나는 마흔일곱이 되어서야 글을 쓰기 시작했다.
오래전부터 글을 쓰고 싶었지만 어떤 학위가 있어야 하거나
어떤 집단의 일원이 되어야 하는 줄 알았다.
물론 아무도 내게 그 집단에 가입하라고 요청하지 않았다.
그저 시작하기만 하면 된다는 것을 깨달았다.
– 애비게일 토머스

그냥 씁시다. 아무도 내 글을 기다리지 않을 테고, 아무도 내 글을 궁금해하지 않습니다. 그러니까 그냥 씁시다. 그게 어른의 글쓰기입니다. 시켜서 쓰는 게 아니라 아무도 기다리지 않는 글을 아무도 시키지 않았지만 개의치 않고 그저 시작하는 게 어른의 글쓰기입니다.

2021년 첫 달에
저자 이은경

차 례   W   r   i   t   i   n   g

3부. 어른의 글쓰기, 방법

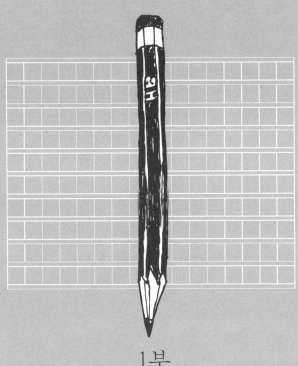

1부

오후의 글쓰기, 마음

Writing

나른하고 곤한 오후, 타닥타닥 시작합니다.
누구도 내게 시키지 않았어요
그래서 이건, 나만의 진짜 글쓰기입니다.

1강 —————— 일단 시작합니다

비결 따위는 없다.
앉아서 글을 쓰기 시작하는 것이 전부다.
– 엘 모어 레너드

글 쓰고 싶다는 사람을 자주 봅니다(제가 글 쓰는 사람이라는 걸 아니까 그런 얘기를 꺼내는 거겠죠).

호기심 어린 눈빛으로 나도 글 쓰고 싶다는 얘기를 꺼내오면 반가워 두근거립니다. 동지애를 느낀달까요. 이야기를 조금 더 나누고 싶은 마음에 의자를 가까이 당기고 침을 삼킵니다. '그래, 그렇다면 이제부터 함께 써봐요.' 어깨가 들썩거립니다. 하지만 아쉽게도 정말로 쓰기 시작하겠다는 답을 선뜻 내놓는 사람은 아직 못 봤습니다. 당긴 의자와 삼킨 침이 민망해집니다. 쓰고 싶다는 사람은 흔한데, 딱 거기까지거든요. 쓰고 싶었으니 이제는 정말 쓰기를 시작하겠다는 사람은 여간해 만나지지 않습니다.

이 책은 번번이 그런 일을 겪은 길 위에서 시작된 글을 모은 것입니다. 쓰기만 하면 기필코 더 잘 쓸 수 있게 될 텐데 시작을 하지 않고 있으니 속이 타서 쓰기 시작한 어떤 이의 간절한 마음이 담겨 있습니다.

시작하지 못하는 이유는 사실 간단해요. 글 쓰고 싶은 마음이 드는 지금의 우리가 어른이라서. 시키는 사람도 검사하는 사람도 없는 어른이라서 그렇습니다. 쓴다고 칭찬해줄 사람도 없고, 안 쓴다고 혼낼 사람도 없습니다. 어른이되어 좋은 점이 제법 있지만 이 점은 확실히 별로입니다.

최근에 비슷한 일이 있었어요. 제 가족 이야기입니다. 아빠와 아들이 동시에 다이어트를 시작했는데(둘 다 사이좋게 과체중입니다.) 아들은 9킬로그램 감량에 성공했고 아빠는 4킬로그램이 붙었습니다. 아들에게는 적게 먹어라, 간식 끊어라, 일찍 자라, 운동하라는 잔소리를 달고 사는 어른이 곁에 있었지만 아빠에게는 그런 존재가 없었습니다. 잔소리하는 이가 없으니 아빠의 다이어트는 흐지부지되다가 요요까지 와버렸습니다.

글쓰기도 이와 같습니다. 아이들은 매일 저녁 일기장을 펼쳐 강제적인 글쓰기를 하면서 실력을 쌓아가는 반면 어

른은 쓰기로 마음을 먹었지만 쓰지 않아도 아무 일도 일어
나지 않죠. 어쩔 수 없지, 하며 슬그머니 드러누워 넷플릭스
를 뒤적이면 그뿐입니다.

준비를 위한 삶은 없습니다

번번이 이렇게 끝날 일인 걸 알면서도 저는 여전히, 툭하
면 글을 청합니다.

글을 쓰자고, 글을 쓰라고.

커피를 사이에 두고 마주 앉아 마음이 좀 무르익었다 싶
어지면 글을 청해보지만 반응은 대체로 비슷합니다.

'이번 프로젝트 끝나면, 새 부서에 적응하고 나면, 연말에
바쁜 일 좀 끝나면, 휴직 시작하면, 애 좀 크고 나면, 사업이
자리 잡히면, 이번 시험 끝나면…'

안 쓰겠다고도, 쓰겠다고도 안 합니다. 지금은 아닌데, 조
금씩 준비는 해보겠다고 합니다. 글쓰기에 대해서는 약속
이라도 한 듯 뜨겁지도 차갑지도 않습니다.

준비를 위한 삶은 없습니다.

어른이 되기 전 20년에 가까운 성장기라는 시간은 어쩌

면 어른으로의 삶을 준비했던 기간일 수도 있겠지요. 그때 배운 지식, 그때 익힌 습관, 그때 봤던 책 덕분에 지금의 나는 지금의 모습으로 살아가고 있습니다. 꾸준하지 못해도, 성공하지 못해도, 준비에 그쳐도 나쁘지 않았어요. 다시 시도해볼 기회가 계속 주어졌고, 선뜻 달려와 도와주던 당시의 어른이 곁에 있었으니까요.

그런데 이제 우리가 그 '어른'이 되었습니다. 오징어 다리 굽는 일 하나도 오롯이 실전이 되어버린 어른. 매일이 실전입니다. 떨리기도 슬프기도 설레기도 합니다.

그러니, 이제는 그만 주저하고 쓰기를 시작했으면 합니다. 굳이 쓰지 않아도 아무 상관없지만 잘 써보고 싶은 어른이니까 준비는 이쯤에서 멈추기로 하고 오늘부터는 본격적인 글쓰기를 시작했으면 합니다.

그러니까 그냥 쓰세요
- -

제가 글을 쓰기 시작한 지 5년 차가 되었습니다. 이 책은 저의 열두 번째 책이에요. 맞아요, 엄청난 양입니다. (조금 더 놀랄만한 사실이 있는데, 지금껏 쓴 글의 절반 정도만 책이 되었다는 점이에요. 제 노트북에는 끙끙대며 쓴다고 썼으나 결국 출간에 실패한 원고 파일이 수북합니다.)

　제가 글쓰기를 이토록 끈질기게 지속하는 모습을 보며 제 주변에는 글쓰기 비결을 묻는 사람이 생겨나기 시작했습니다. 핵심은 '어떻게 하면 잘 쓸 수 있느냐'인데, 사실 굳이 제게 물을 것도 없습니다. 정보가 없다는 이유로 무언가를 시도할 수 없는 시대는 지나갔습니다. 손가락을 몇 번만 움직여 검색해보면 글쓰기 요령과 비결을 소개하는 책, 강의, 영상이 수도 없습니다. 유튜브 검색창에 '글 잘 쓰는 법'을 쳐보세요. 서점에서 '글쓰기' 관련 도서가 모여 있는 서가를 살펴보세요. 넘칠 듯 많은 정보에 놀라게 될 거예요. (그 많은 정보 중 이 책을 선택해주셔서 진심으로 감사합니다.) 다양한 매체에서 소개하는 글쓰기 방법은 방대하고도 다양하지만, 핵심은 간결하고 분명합니다.

　비결 따위는 없다.
　앉아서 글을 쓰기 시작하는 것이 전부다. - 엘모어 레너드

　글을 쓰고 싶어 이런저런 시도를 해봤지만 여전히 쓰지 않고 있으며 내 글이 변변치 않게 느껴진다면 하나만 기억하세요.

앉아서 쓰기 시작하는 것이 시작이자 전부입니다.

이것이 아니고는 그 어떤 비결도 방법도 요령도 힘을 쓰지 못합니다. 쓰기 시작해야 무수한 글쓰기의 비법이 내 것이 되어 비로소 힘을 쓸 수 있게 됩니다. 복권 당첨을 바란다면 복권을 사야죠. 글을 잘 쓰고 싶다면 글을 써야 합니다.

그러니까 그냥 쓰세요.

일단 쓰기를 시작하면서 글쓰기 비법들을 하나씩 내 것으로 만들어야 합니다. 쓰지 않는 이에게 잘 쓰는 비법은 필요 없습니다. 이제 막 두 손과 발로 바닥을 기어다니기 시작한 아이에게 신상 나이키 조던 에어 맥스 농구화가 필요치 않은 것처럼 말이죠.

내일 말고 오늘부터 쓰세요. 쓰기 시작했다면 제가 이 책을 통해 알려드릴 글쓰기 비법들이 여러분을 도울 겁니다. 내가 나를 스스로 돕는 것이 먼저입니다. 그러다 보면 하늘도 나를 돕습니다.

지난 4년은 제가 저를 도왔던 시기였고, 지금은 하늘이 저를 돕고 있습니다. (일찌감치 특별한 재능을 가진 사람도 이내 포기하고 마는 글쓰기라는 만만찮은 링 위에서 몇 년을 버티는 건 의지만으로 되는 일이 아닙니다.) 제가 고군분투하며 혼자서

스스로를 돕던 시절에는 캄캄한 새벽, 곤한 오후, 늦은 밤의 아주 작은 틈을 가리지 않고 썼습니다. 어수선한 주방의 식탁, 동네 도서관의 딱딱하고 낡은 책상, 사장님 눈치가 보여 한 잔 더 주문할지 말지를 수없이 망설이던 카페의 테이블, 달리는 기차, 비행기 안의 작은 받침대가 온통 서재였고요.

제가 저를 돕지 않았다면 하늘은 저를 무심히 지나쳤을 겁니다. 조금이라도 지금보다 나아지고 싶고 달라지고 싶다면, 지금 나의 평범한 일상에 하늘의 도움이 더해지길 간절히 바란다면 오늘부터 오후의 글쓰기를 시작하며 스스로 돌보고 칭찬하고 도웁시다.

생각 내버려 두기

저도 어른이 되어 알게 된 사실인데요, 어른들은 지나치게 생각이 많아요. 어릴 땐 단순하게, 좀 부족한 듯 살면서도 거의 매일 행복했는데, 어쩐 일인지 어른이 된 지금은 더 철저하게 계획하고 더 풍족하게 사는 것 같은데도 툭하면 머리가 복잡해지고 피곤합니다. 생각하는 척하면서 걱정을 하기 때문이에요. 글을 써볼까 하는 마음으로 자리 잡고 앉은 지금, 뭐라도 하나 얻을 수 있을까 싶어 책을 펼쳐 든 지금, 마음 한구석을 무겁게 하는 일상의 걱정을 당장 가볍게 만들 방법은 어차피 없습니다. 그러니 걱정은 그만 멈추세요. 멈췄다면 칭찬합니다만, 하나를 멈추면 다른 하나가 시작되는 게 우리 인생이죠.

일상의 걱정을 멈추고 써봐야겠다는 마음이 생기면서 전에 없던 글쓰기에 대한 걱정이 시작되는 겁니다. 어른에게는 걱정이 습관입니다. (심지어 걱정거리가 없어지면 불안해지기도 하더군요.)

'내가 지금보다 조금이라도 더 잘 쓸 수 있을까' 하는 막연한 부담, '쓰기를 시작해보긴 하겠지만 마무리할 수 있을까' 하는 걱정, '이렇게 쓴다고 뭐가 달라지겠어' 하는 비관, '글을 써서 얼마라도 벌어야 할 텐데' 하는 욕망이 모두 글쓰기에 대한 걱정들입니다. 얘들을 어쩌죠?

내버려 두세요. 자기들끼리 알아서 엉키든 풀리든 커지든 작아지든 내버려 두고, 우리는 오늘부터 글을 씁시다.

잘 쓰고 싶다면, 일단 써야 하니까요. 쓰기 시작하면, 잘 쓸 수 있게 되니까요.

'모르겠다, 그냥 한번 써볼까?' 겁 없이 덤비는 마음으로 키보드에 손을 얹어보세요. 내 머리와 손이 따로 움직이는 것처럼 느껴질 정도로 생각 없이 써 내려가 보세요. 저는 이걸 '아무 글 대잔치'라고 부릅니다. 잔치 맞습니다. 키보드 소리가 모닥불처럼 타닥거리고, 키보드 위의 손가락은 바쁘게 오가며 흥겹습니다. 생각, 형식, 제한, 주제, 소재, 수준 같은 것에 개의치 말고 손가락이 움직이는 대로 그냥 두세요. 떠오르는 모든 것을 여과 없이 그대로 입력해보세요. 떠오르지 않는다면 방금 흥얼거렸던 노랫말을 옮겨 적거나 떠오르는 사람의 이름을 하나씩 다 적어도 좋습니다. (저는 어제 봤던 드라마 내용을 떠올리며 줄거리를 옮겨보는 쓸데없는 짓을 한 적도 있어요. 내가 아는 영화배우의 이름을 나열해본 적도 있고요.)

  안 될 이유가 있나요? 괜찮아요, 다 괜찮아요. 우리는 어른이니까. 10분 안에 다 쓰고 검사 맡으라고 잔소리하는 엄마가 옆에 없으니까요. 헛소리를 써놓아도 나만 읽고 자괴감에 빠지다가 실실 웃으며 덮어놓거나 삭제해버리면 끝나는 어른의 글쓰기니까요.

  이거, 어른의 대단한 특권 아닌가요?

초라함을 오기로 바꾸고

글을 한 줄도 쓰지 않던 시절, 우연히 책 쓰는 방법에 대한 특강을 들은 적이 있었는데, 지금 와 생각해보면 결국 그날의 수업이 제 인생을 바꾸었습니다. 그 일이 아니었다면 지금껏 언젠가 쓰게 될 글을 몇 년째 준비하고 있었을 겁니다. 그 수업에서 있었던 잊지 못할 일을 잠시 소개하고 싶습니다.

어느 가을 밤, 책 쓰기 과정을 코칭하는 강사의 1일 특강이었습니다. 수강료 1만 원, 수강생 20명. 2시간 동안 쉬는 시간 한 번 없이 진행된 강의는 책 쓰는 방법, 책의 주제 정하는 법, 책 한 권의 원고 분량 등 책 쓰기에 대한 거의 모든 정보가 쉴 없이 쏟아져 나왔습니다. 당연히 저는 받아 적기 바빴고요. 여기서 끝났다면 저는 책을 쓰지 못했을 거예요.

온갖 유용한 정보로 가득했던 강의가 끝났습니다. 본격적으로 책을 써보고 싶다면 일대일 유료 코칭 과정을 신청하라는 친절한 안내까지 이어졌고요. 예상치 못했던 마지막 순서가 있더군요. 강의 이후에 한 사람씩 개별 상담을 해준답니다. 공짜라면 무조건 하자는 게 신조인지라 긴 줄의 끝에 서서 어떤 걸 물어봐야 할까, 설렜습니다.

"네, 다음 분. 무슨 책을 쓰실 거예요?"

"전 국민의 사랑을 받는《언어의 온도》같은 책을 쓰고 싶습니다. 어떻게 하면 그런 책을 쓸 수 있을까요?"

피식.

눈치 빠른 제가 놓칠 리가요.

썩은 미소를 지으며 내던 비웃음인지 한숨인지 모를 애매한 소리를 들었습니다. 멀쩡하게 생긴 양반이 왜 이런 헛소리를 하실까, 싶은 표정으로 고개도 안 들고 빠르게 답하시더군요.

"그런 책은 SNS 팔로워가 기본적으로 몇 만은 되어야 가능한 거예요. 그런 책은 절대 쓰실 수가 없어요. 가능성이 없습니다. 가능한 걸 찾아보세요, 다음 분."

뜬구름 그만 잡고 집에 가서 짜장면 곱빼기를 시켜 먹는 게 어떻겠냐는, 한심하다는 눈빛이었습니다. 숨 한번 안 쉬고 내뱉은 답변에 찍소리도 못하고 귀까지 벌겋게 달아오른 저는 떠밀리듯 그곳을 빠져나왔습니다. 지하철에 자리가 없어 손잡이를 잡고 버티는데 자꾸 아귀에 힘이 들어갔습니다.

'나는 절대 가능성이 없는 걸까. 내가 쓰면 어떤 일이 생길까. 그냥 한번 써볼까.'

여태 써볼까 어쩔까 망설이기만 하던 저는 그날, 그분의 답변 덕분에 당장 글을 쓰기 시작했습니다. 직장에서도 집에서도 뭐 하나 마땅히 잘한다고 인정받지 못한 채, 하는 일마다 되는 일이 없어 우울하고 초라하던 제가 오기의 힘을 빌리기 시작했습니다.

어른인 우리를 울컥하게 만드는 초라한 순간이 있습니다. '내가 이렇게까지 별 볼 일 없는 사람인가, 내가 잘될 가능성은 정말 없는 걸까, 나는 왜 노력해봐도 여전히 제자리일까' 라는 생각에 속상해본 적이 있다면 그때 느낀 울컥함을 오기로 바꾸고, 그 힘으로 몇 줄 써봅시다.

오늘의 글쓰기 과제는요

첫날 수업은 오리엔테이션 느낌이니 안 쓰고 넘어가겠지 싶은 마음에 드러누워 가볍게 읽고 내일부터 본격적으로 쓸 심산이었다면 경기도 오산입니다. 일어나세요. 쓰기로 했고 이만큼 잔소리 들었으면 오늘부터는 그냥 쓰는 겁니다. 오늘 몇 줄 쓴다고 당장 어떤 근사한 일이 일어나리라는 보장은 어디에도 없지만 쓰지 않으면 결코 어떤 일도 일어나지 않을 거라는 편에 새로 뽑은 저의 하얀 차를 걸겠습니다. 오늘부터 쓰는 겁니다. 책 덮지 말고 일어나 앉으세요.

지금 벌떡 일어나 공책 꺼내는 사람들, 크리스마스에 로또 당첨되게 해주세요, 제발.

 그래서 오늘의 첫 문장은요

요즘 즐겨보는 드라마(예능, 책, 영화, 웹소설, 웹툰)가 있다. 주인공은 ○○○인데,

2강 ——————— 쓰라고 시킨 사람이
없다는 사실

글쓰기로 자기 한계를 인지하면서도
다시 글을 써 그 한계를 조금이나마 넘어갈 수 있다는 행복을
알기 전의 사람으로 당신은 돌아갈 수 없다.
– 최은영, 《몫》 미메시스

쓴다는 게 그렇습니다. 별스러운 구석이 있죠. 나쁜 건 아닌데, 그렇다고 딱히 무엇이 얼마나 눈에 보이게 유익한 건지 꼬집어 설명하려면 막막합니다. 뾰족한 답이 떠오르지 않습니다. 이만큼이나 어렵고 따분하고 드러나는 결과가 없는 답답한 일거리도 드물 겁니다.

그러니까 안 쓰면 됩니다. 안 쓰면 그만입니다.

소설가가 되려면 어떻게 하면 되냐는 질문을 받은 김영하 작가는 소설가가 되지 말라고 답했다 합니다. 그만큼 만만찮은 일입니다. (굳이 찾아서 할 일은 아닌가 봅니다.)

어른의 글쓰기니까요
- -

쓰지 말라는데 우리는 굳이 쓰려고 합니다.

안 써도 된다는 걸 잘 알면서도, 글쓰기에는 자꾸 묵직하게 마음이 기웁니다. 쓰라고 시킨 사람도 없는데, 잊을 만하면 한 번씩 떠올라 찝찝하게 합니다. (이 책을 읽고 있다는 것이 여러분의 마음을 고스란히 드러내고 있습니다. 쓸 마음이 없다면 이런 책을 절대 읽지 않겠지요.)

글로 먹고살아야겠다는 열정적인 결심을 한 것도 아니면서 뭐라도 써보려는 마음을 먹은 이유가 무엇인지 물어봐도 될까요? 검사하는 사람이 없는 숙제를 꾸역꾸역 해보겠다며 끙끙 앓기로 마음을 먹은 이유를 궁금해해도 될까요?

대답하지 않아도 괜찮습니다.

이제 뭐라도 써보기로 마음먹었다는 사실보다 중요하지 않습니다. 이유야 뭐가 됐든 아무도 시키지 않은 글을 쓰기로 마음먹었으니 오늘부터 우리는 진짜 어른입니다.

언뜻 이해되지 않는 독특하고 고유한 종류의 자발성, 그게 바로 어른의 글쓰기입니다. 시키니까 쓰고, 안 쓰고 버티면 혼나니까 어쩔 수 없이 하는 것이 아이의 글쓰기라면 어른의 글쓰기만의 근사한 정체성은 '자발성'입니다. 우리는 지금 누가 채워오라고 한 공책을 펼쳐놓고 식식대는 게 아니라, 기다리거나 부탁하거나 시킨 적 없는 글을 한없이 '자발적으로' 쓰려는 겁니다.

이유야 어떻든 상관없습니다. 그 따분하고 힘든 걸 왜 하려고 하는지, 이 정도면 제법인데 왜 더 잘하려 하는지, 이거 아니어도 바쁘고 급한 일은 넘쳐나는데 시간과 노력을 쪼개가며 글쓰기를 지속하려는 이유가 무엇인지는 각자의 사정입니다. (그 사정이 상당히 궁금합니다만 묻지 않고 참겠습니다.)

글을 쓰는 이유는 누가 질문을 해온다고 대뜸 읊어댈 수 있는 종류의 것이 아닙니다. 글쓰기를 지속하는 습관과 괜찮은 글솜씨를 통해 얻고 싶은 목표가 있고, 닿고 싶은 보다 높은 곳이 있고, 꺼내본 적 없지만 또렷하고 비밀스러운 꿈이 있음을 스스로 확인한 것으로 충분합니다. 이유를 찾아내 명확하게 만드는 데 너무 많은 에너지를 쏟지 마세요. 그 시간에 우리는 그저 씁시다.

몹시 나약한 이유

글을 멀리하던 사람이 어쩌다 책을 쓰기 시작했는지 제
이야기를 먼저 꺼내는 게 어른에 대한 어른의 예의라 생각
합니다. 언제든 좋으니 기회와 인연이 닿는다면, 여러분의
글쓰기가 시작된 사연을 제게 나누어 주었으면 해요. 글에
대한 이야기는 모두 궁금하고 재미있습니다.

앞서 잠깐 말씀드렸던, 초라함을 오기로 바꾼 건 책 쓰기
방아쇠를 본격적으로 당기게 된 에피소드였고, 기본적으로
책이라는 물건에 관심이 생긴 건 돈 때문이었습니다. 순수
하게 돈을 벌고 싶어 시작했습니다.

온몸에 병이 나고 마음까지 엉망이 되도록 애쓰며 살았
는데 정신을 차려보니 한 푼이 아쉬운 사람이 되어 있었습
니다. 동네 빵집을 지나다 단팥빵 하나를 사 먹을까 말까,
한참 고민하다가 결국 발길을 돌리곤 했는데, 그런 날이 제
법 오래 지속되었습니다. 부부가 열심히 사는데 그토록 빠
르게 가난해질 수 있는 건지 몰랐습니다. (주식으로 날린 것
도 아닌데, 대한민국 공무원이 어쩌다 이렇게 가난해진 것인지는
차차 털어놓겠습니다.)

책을 쓰면 얼마라도 벌 수 있다는 네이버 블로그에 누군

가 남겨둔 글을 읽고 결심했습니다. '책을 써서 돈을 벌자.' 몹시 초라한 이유로 시작했고, 결국 그렇게도 바라던 한 푼을 얻었습니다. (받고 보니 정말 한 푼이라 놀랐습니다.) 한 푼이라도 벌 수 있다면 힘들어도 쓰겠다고 굳게 다짐했었기에 한 푼의 인세에 실망했지만 멈추지 않았습니다. 한 푼은 두 푼, 세 푼이 되었고 결국 저는 글로 먹고사는 사람이 되었습니다.

이토록 목표가 뚜렷하니 별안간 시작해도 술술 쓸 수 있었나 보다, 생각하겠지만 저 같은 간절한 사람에게도 글쓰기는 만만한 작업이 아니었어요. 당장 실감하기 어려운 그 '한 푼'이라는 것이 얼마나 실체 없이 사라질 수 있는지 제대로 알게 되었지요.

돈은 몹시 나약한 이유였습니다. 돈이 필요해서 시작한 일을 조용히 그만두고 싶어질 때는 그간 스쳤던 명언들이 하나둘 떠오르기 시작합니다. 돈이 인생의 전부가 아니다, 돈을 좇으면 돈이 도망간다, 돈 많다고 행복한 게 아니다, 돈은 딱 쓸 만큼만 있으면 되는 거다, 어떤 일이든 돈을 벌기 위해 하지 마라 등. 돈을 바라던 마음을 가라앉게 만드는 그럴듯한 이유는 넘쳤습니다. 써놓은 글이 마음에 들지 않거나 유난히 진도가 더딘 날이면 이런 이유가 하나씩 떠오르면서 굳이 계속 쓰지 않아도 괜찮겠구나, 싶어집니다. 돈을 바라고 쓰기에는 돈이란 것의 가치가 지나치게 상대적이고 일시적이라는 의미입니다.

돈의 액수에 관한 문제가 아닌 걸 알지만 얘기가 나온 김에 잠시 짚자면, 막상 글을 써서 수중에 쥐는 돈의 액수란 허탈하리만큼 적습니다. 없어도 그럭저럭 살아질 정도의 어중간한 돈이 들어옵니다. 생계로 삼기엔 턱없이 부족하고 용돈으로 생각하기엔 글 쓰느라 들인 노력이 허무해지는 얄미운 정도의 금액입니다. 그래서 돈을 위해 쓴다는 건 적당히 쓰다가 힘들어지면 그만 쓸 수도 있다는 뜻과 크게 다르지 않을 겁니다.

내가 시작한 일

돈 때문에 시작했지만 돈 때문에 지속하는 건 아닌 저의 글쓰기. 그토록 바라던 돈이 아니라면 무엇이 저를 계속 쓰는 사람으로 만들었을까요?

글쓰기는 정말 어려웠습니다. 매일 벽을 만났고, 벽은 쉽게 낮아지지 않았습니다. 결과가 보이지 않고, 쓴 글이 마음에 들지 않아 모두 그만두고 싶어지는 순간은 수시로 찾아왔습니다. 그럴 때마다 계속해서 떠올린 건, 순수하게 내가 자발적으로 시작했다는 사실입니다. 한 번도 누군가에게 글이나 책을 써 달라는 제안을 받아본 적이 없었습니다. (자발적 글쓰기를 4년 넘게 지속하다 보니 이제야 간신히 청탁받은 글을 쓰고 있긴 합니다.) 내가 쓰고 싶어서 시작한 일이라는 사실을 계속 떠올리고, 아무도 써달라고 한 적이 없다는 초라한 사실까지 줄줄이 떠오르면 어떤 낯설고 기묘한 힘이 솟습니다. 오기와는 좀 다른 종류의 힘입니다.

생각해보세요. 원래 아무리 좋은 것도 누가 시키면 딱 하기 싫어지잖아요.

초등학교 때 일기 쓸 마음으로 방에 들어가려는데 때마침 엄마가 왜 일기 안 쓰냐고, 일기 언제 쓸 거냐고 다그칩니다. 그런 날이면 한순간에 기분이 바닥으로 떨어져 멍청이 같은 글씨로 다섯 줄 채우기도 버거웠습니다. 아무도 나를 신경 쓰지 않고 일기를 쓰거나 말거나 궁금해하지 않고 내버려 두는 날이면 슬그머니 들어가 두 쪽을 꽉꽉 채우고도 더 쓰고 싶어 한참을 책상에 박혀 있곤 했습니다.

청개구리.

적어도 쓰는 것에서만큼은 전형적인 청개구리였습니다,

라고 쓰려고 보니 실은 저란 사람은 매사가 그런 심보였던 것 같습니다. 그 고약한 청개구리가 글 써서 번 돈으로 페리카나 양념치킨을 먹고, 아이스 바닐라 라테를 마시고, 나와 상관없는 일이었던 기부라는 것도 합니다.

저와 비슷한 종류의 개구리라면 팔 벌려 환영합니다.

시킨 적 없는 쓰기라는 노동을 굳이 하고 싶어 시작했다면 제대로 오셨습니다. 그냥 씁시다, 우리끼리. 보여달라는 이도, 기다리는 이도, 기대하는 이도 없으니 이때다, 하고 아무렇게나 마구 써봅시다. 그냥 틈틈이 좀 썼어, 하고 무심한 척 놀라게 해줄 기분 좋은 상상을 하며 어른 개구리들의 비밀스럽고 은밀한 글쓰기를 시작합시다.

오늘의 글쓰기 과제는요

돈을 벌기 위해 글을 쓰기 시작해서 그런지 저는 툭하면 말이 전혀 되지 않는 상황을 상상하며 부족하고 초라한 현실을 잊어보려 노력했어요. 혹시나 글을 써서 넘치도록 많은 돈을 벌게 되면 그 돈으로 무얼 할까, 어디에 갈까, 무엇을 살까 하며 상상하는 게 취미였다고나 할까요. 상상은 공짜니까 실컷 했어요. 해보세요, 완전 재미있어요.

결국 그 상상들 덕분에 지금껏 버틸 수 있었던 것 같아요. 여러분은 원하는 액수만큼 많이 벌게 된다면 그 돈으로 무얼 하고 싶은가요? 아, 상상만 해도 벌써 설레네요.

그래서 오늘의 첫 문장은요

드디어 입금을 확인했다. 그토록 기다리던 바로 그 돈이 내 통장에 있다. 무려 _____원. 이제 이 돈으로 무얼 해볼까?

3강 ——————— 내 글을 기다리는 사람도
없다는 사실

당신의 작품을 기다리는 사람도 없거니와,
당신이 작품을 쓰지 않는다며 나무랄 사람도 없다.
— 린 샤론 슈워츠

글쓰기의 별스러운 구석을 하나 더 들춰보겠습니다. 누구도 내 글을 기다리지 않는다는 점입니다. 별 유쾌하지도 않은 사실을 대놓고 들춰서 미안하지만 명백한 사실인걸요. 누구도 우리의 글을 기다리지 않습니다.

기다리는 이도 없는 글을 왜 자꾸 쓰려는가를 곱씹다 보면 초라해집니다. 아늑하고 따뜻한 우리 집, 내 방, 내 책상이 영화 〈기생충〉 속 반지하 방처럼 느껴지기도 합니다. 약간의 위로가 되는 사실이 있다면, 글 쓰는 사람 대부분의 사정이 비슷하다는 정도.

전업 작가들은 사정이 좀 나을까 싶겠지만 딱히 그런 것도 아닙니다. 베스트셀러 작가라는 국내의 몇 안 되는 이들도 가까이서 들여다보면 크게 다를 바 없습니다. 그들과 그들의 글을 좋아하는 독자의 수가 많은 건 사실이지만, 그들의 책을 기다리고 있다고 보기엔 무리가 있습니다. 안 그래도 먹고살기 바빠 혼이 나갈 것 같은 독자가 작가의 글을 기다렸다기보다는 잊을 만하면 한 번씩 알아서 열심히 글을 들고 나온 어느 작가 양반이 이 책은 꼭 한번 읽어보라며 사정하는 통에 '도대체 뭐라고 썼기에' 하는 호기심이 슬쩍 생길까 말까 하는 게 보통입니다. 그러다 운 좋게 기회가 닿으면 읽는 거고, 읽어보니 재미는 있더라 혹은 도움이 되긴 하더라는 정도의 처지를 면하기 어렵습니다.

아쉽지만 인정할 건 해야죠.

독서는 생계가 아니고 책 쓰는 그 작가는 내 가족이 아닌데 어찌 그것만 눈 빠지게 기다리겠어요. (사실, 언젠가부터는 저희 가족도 제 책을 기다리거나 기뻐하지 않습니다. 다작의 부작용이랄까요.)

우리, 쿨하게 인정하자고요.

기다리지 않아도 쓸 테다.

넘쳐나는 읽을거리

세상에 읽을거리는 넘쳐납니다.

출근길 지하철에서 경쟁하듯 웹 소설과 웹툰에 몰두하는 이들이 읽을거리 바닥날까 걱정하는 일은 없습니다. 시간이 모자라 정주행 속도가 더딘 현실을 아쉬워할 뿐이죠.

책도 그렇습니다. 저는 김영하, 임경선 작가를 좋아하고 신간을 챙겨 소장합니다만 모든 책을 다 읽지는 못했습니다. 언젠가 읽어야지, 생각은 하면서도 더 궁금하고 필요한 정보가 담긴 다른 책들을 먼저 읽느라 뒷전이었습니다.

더 솔직히는 내 글 써서 먹고사느라 바빴고, 내 가족 세 끼 해먹이며 건사하기 바빴습니다. 두 분이 혹여나 절필을 선언한다면 한동안 아쉽긴 하겠지만 그렇다고 앞으로 저의 읽을거리가 부족해 고민할 일은 결코 없을 거라 생각합니다. (신간에 밀려 못 읽고 쌓아둔 지난 책들을 곱씹을 시간을 벌어 어쩌면 다행이라는 엉뚱한 생각을 할지도 모르겠습니다.)

내가 아는 어느 작가가 글을 중단하거나 매일 들르던 블로그의 운영자가 쓰기를 게을리하는 바람에 행여 읽을 것이 모자라지나 않을까 걱정하는 독자는 거의 없습니다. 한 해에도 서점과 웹사이트에 쏟아지는 글, 책, 잡지가 얼마나 풍성한지 열심을 다해 읽고 또 읽어도 읽지 못하고 넘어간 책들이 언제나 즐비합니다. 크지 않은 대한민국 출판 시장에 신간은 매일같이 쏟아져 나오고, 경쟁하듯 번역되어 출간되는 외서도 셀 수 없습니다.

사정이 이렇다 보니 아무도 누군가의 글을 굳이 기다리지 않습니다. 한편으로 내 글만 기다리지 않는 건 아니라는, 다행한 사실이죠.

쓰고 있다는 비밀

마음먹고 쓰기 시작했지만 비밀이었습니다. 이걸 어디다 보여주겠다고.

'어, 글을 쓴다고? 대체 무슨 글을 쓰냐, 왜 쓰는 거냐, 써서 뭐할 거냐…' 호기심 보이는 사람들에게 마땅한 답을 내놓으려면 겨울 저녁에도 얼마나 굵은 땀을 흘릴지 상상하고 싶지 않았습니다. (사실, 생각해본 적 있는데 생각만 해도 땀이 났습니다.)

지금 와 생각해보면 숨기느라 굳이 그렇게 애쓸 일은 아니었습니다. 쓴다고 한들 '그래서 뭐 어쩌라고.' 하는 반응

일 텐데, 다들 크게 관심 없었을 텐데 그런 인생의 진리도 모르고 애써 숨기느라 대단히 고생이 많았습니다.

글을 쓰고 있다는 사실을 고백하면 주변에서 퍽 놀라며 관심 보일까 봐 부담스럽겠지만, 하등 쓸데없는 걱정입니다. 아 그래, 하고는 어제 본 드라마와 다음 달에 진행해야 할 프로젝트, 오늘 저녁에 뭘 먹을지에 대한 이야기를 이어 갈 거예요. 저도 그렇습니다만, 어차피 우리는 남 일에 크게 관심 없잖아요. 남이야 글을 쓰든 춤을 추든 그것까지 신경 쓰면서 살 여력이 없잖아요.

쓸데없이 비밀이었던 덕분에 '쓰고 있다던 너의 글은 대체 언제 볼 수 있는 거냐'며 재촉하는 이가 끝내 없었습니다. 누군가를 만나 실컷 떠들고 돌아오는 길이면 '사실 나는 지난 얼마간 도토리 모으는 다람쥐처럼 야금야금 글을 모으고 있었음'을 밝히게 될 언제일지 모르는 순간을 상상하며 히죽거렸습니다. 다들 얼마나 놀랄까, 부러워할까를 상상하는 것만으로도 늦은 밤, 이른 새벽마다 노트북을 열면서 호랑이 기운이 솟아올랐습니다.

물론 드디어 밝히던 순간의 반응이 예상과 상당히 달라 당황하긴 했지만 말입니다. 민망할 정도의 많은 칭찬과 부러움을 받겠구나, 이거 쑥스러워 어쩔까 싶었는데 혼자만의 착각이었네요.

"책 썼다고? 요즘은 책 한 권씩 쓰는 게 유행인가 보더라. 커피 뭐 마실래? 난 바닐라 라테."

굳이 숨기느라 애쓸 필요도 없었던 것을. 쯧.

나를 위한 글쓰기

기다리는 사람 없는 글을 쓰면서 끙끙대다 보면 '나 지금 왜 이러고 있지' 싶은 마음이 들게 마련입니다. 누가 시켰다고, 누가 기다린다고 말이죠.

글쓰기를 막 시작하던 시절, 책이 될 가능성이 거의 없어 보이는 글 뭉치 파일을 붙들고 틈만 나면 썼다가 지우고, 지웠던 걸 다시 쓰면서 하루를 보냈습니다. 낡아빠진 노트북을 붙들고 끙끙 앓는 제게 가족들은 유익하고 냉정한 말을 건넸습니다. 왜 사서 고생하냐고, 그렇게 한들 뭐가 되겠냐고, 설령 그게 뭐가 된들 그래서 뭐 어쩔 거냐고.

너무 현실적이어서, 너무 잘 알겠어서 허벅지를 두들겨 맞은 것 같았습니다. 그럴 시간에 방바닥을 한 번 더 닦거나 땀 흘리며 스피닝 바이크를 타든가 복직을 한 학기라도 서

두르는 게 누가 봐도 나은 선택이었을 겁니다. 그걸 몰라서 키보드와 이기지도 못할 씨름을 하는 건 아니었습니다. 세상에는 훤히 알면서도 어쩌지 못하는 일이 있다는 것을 그때 알았습니다. (운명 그런 건가요?)

제게는 아이가 둘 있습니다. 그중 둘째가 어릴 때 좀 아팠어요. 후유증으로 발달 지연, 지체 장애가 왔는데 아이를 낳고 기르던 저는 그 사실을 순순히 받아들이기가 어려웠습니다. '괜찮을 거야, 잘 클 거야, 조금 늦은 것뿐이야'라며 아이의 상황을 인정하지 않았어요. 아이의 장애를 인정해버리면 우리 부부는 갑자기 많이 불행해질 것 같았거든요. 아직은 장애아의 부모가 될 준비가 되지 않았었거든요.

그러다 둘째가 3학년이 되던 해, 미뤄두었던 장애 등록 서류를 제출했습니다. 발달이 늦은 것뿐이라고 믿고 싶은 마음에 오래 망설이던 숙제 같은 일을 마무리 지었습니다. 담당 직원은 싹싹하고 환한 사람이었기 때문에 그녀와 눈을 마주치지 않으려고 애를 썼습니다. 담담하려, 울지 않으려, 씩씩해보이려 할 수 있는 최선을 다했습니다. 스마트폰 화면을 열어 포털 기사를 차례로 눌러대며 서류가 접수되는 몇 분 되지 않는 시간을 담담한 척 견뎠고, 순탄하게 등록 절차를 마무리했습니다. 내심 장애등록을 위한 자격 조건이 되지 않는다는 말을 듣고 싶었는데, 준비해온 서류로 충분하다며 최종 증명서는 다음 주에 받게 될 거라는 안내를 하더군요. 하려던 일을 잘 마쳤는데 발이 떨어지지 않았습니다.

꽃샘추위가 가시지 않아 써늘하고 어둑어둑한 3월 중순의 늦은 오후, 핸들을 돌려 집에 돌아오는 내내 글을 쓰고 싶었습니다. 간절히 기도를 드리거나 술에 취하고 싶은 마음보다, 이불을 뒤집어쓰고 누워 엉엉 울어버리는 것보다 훨씬 더 간절했던 건 쓰는 일이었습니다.

뭐라도 쓰고 싶었습니다. 여전히 누구도 내 글을 기다리지 않겠지만 쓰지 않고는 견디기 어려운 뜨겁고도 차가운 무언가가 또렷하게 느껴졌습니다. 여느 날 저녁처럼 아이들 저녁을 해 먹이고 설거지와 뒷정리를 끝내고 하나씩 토닥여 재우고는 카레를 비벼 먹었던 아까 그 식탁으로 돌아가 앉았습니다. 타닥타닥 쓰기 시작했습니다.

눈에 넣어도 아프지 않은 사랑하는 아이의 장애를 인정하게 된 날, 더욱 정확히는 별일 없이 그럭저럭 살아왔던 내가 정식으로 장애아의 엄마가 되던 날의 늦은 저녁. 저를 위로한 건 글이었습니다. 의도한 적 없었지만 그날 이후로 제 글은 조금 달라졌습니다. 써도 그만 안 써도 그만이던 이전과는 다른 글을 쓰기 시작했습니다.

제대로 쓰고 싶었습니다. 잘 쓸 수 없다면 열심히라도 쓰고 싶었고, 빼어나지 않아도 성실한 글을 쓰는 사람이 되고 싶었습니다. 글이라는 줄을 붙잡고 앞이 보이지 않는 어두운 터널을 빠져나가고 싶었어요. 순전히 내가 쓰고 싶어서, 굳이 습관을 만들고 목표를 세우고 마감을 정하는 본격적인 글쓰기가 시작되었습니다. 누군가 읽을 것을 염두에 둔 글을 썼지만, 결국 본질적으로는 나 자신을 지키기 위한 것이었습니다. 이렇게라도 하지 않으면 도저히 안 될 것 같았습니다. 아무 잘못 없는 아이들에게 괜한 죄책감을 덮어버리는 못난 엄마가 될 것 같았습니다.

특별한 아이를 키우느라 고생했겠다며 위로를 건네는 주변 분들에 대한 고마움도 크지만 아이 덕분에 얻은 것도 많습니다. 아이 덕분에 쓰기 시작했고, 계속해서 쓴 덕분에 잘 쓰게 되었고, 그렇게 쓴 글로 먹고살게 된 덕분에 직장생활을 멈출 수 있었고, 덕분에 지금도 엉터리로 수학 문제집을 풀어재끼는 아이 옆에 머물며 계속 쓸 수 있는 거라 생각합니다. 아이에게 고마울 일은 아니지만 솔직히, 고맙기도 합니다.

다음, 네이버 등 우리는 포털 사이트의 기사를 읽는 것으로 하루를 시작하고 마무리합니다. 몇 분이면 읽어내릴 수 있는 간결한 기사 정도는 우리도 쓸 수 있습니다.

오늘 나의 하루를 돌아보며 내 일상을 기사로 써보는 경험은 어떨까요?

우선 제목이 있어야 할 테고, 그에 맞는 한 가지 사건을 정해 자세하게 써보면 좋겠습니다. 장소, 시간에 대한 설명도 빼먹지 마세요!

비록 이 기사를 기다리거나 읽어주는 사람이 없을 가능성이 매우 높지만.

🖋 그래서 오늘의 첫 문장은요

경기도 외곽에 사는 _____씨(__세)는 오늘 매우 황당한 일을 마주했다. 그 일은 저녁마다 들르던 _____에서 발생했는데 경위는 이러하다.

50

4강 ──────── 쓰지 않았던 시간에도 힘이 있다는 사실

> 놀이에 만족하기에는 너무 늙었고
> 욕망 없이 살기에는 너무 젊다.
> ─ 괴테

올해 몇 살이십니까?

대답하지 않으셔도 괜찮습니다. 중요한 건 아니니까요.

저는 마흔둘입니다.

이제 막 글쓰기를 결심한 여러분이 지금 몇 살인지 모르겠지만 몇 살이든 상관없습니다. 여러분이 지금 몇 살인지는 우리의 수업과 무관하며 몇 살이라고 답하든지 저는 '그렇군요, 하나도 안 늦었습니다'라는 답을 드릴 겁니다.

이유는 하나씩 말씀 드리죠.

하나도 안 늦었습니다

제가 별안간 쓰기 시작한 때는 서른일곱이었습니다. 기운차게 시작하는 새해였냐면 그것도 아니었습니다. 거리에 패딩 점퍼가 눈에 띄기 시작하는 늦가을, 까딱하다간 서른여덟 되기 딱 좋은 한 해의 끝자락이었습니다.

저도 알고 있었어요. 누가 봐도 늦었다는 걸요. 교육청에 보낼 공문 몇 줄도 제대로 쓰질 못해 제출 기한을 제때 못 맞추던 사람이 갑자기 글을 쓰겠다고 결심한 때가 서른일곱인 건 아무리 후히 봐주려고 해도 늦은 게 맞습니다.

지금도 그렇지만 당시의 서점가는 획기적이고 달콤한 2, 30대 젊은 작가들이 쏟아져 나와 국내 도서 순위를 들었다 놨다 하느라 분주했습니다. 문예창작과 출신 작가들의 신작 소설은 출간과 동시에 베스트셀러에 진입하는 게 예사였고, 꾸준히 개인 저서를 출간 중인 현직 교사는 당시에도 이미 포화 상태였습니다.

저로 말할 것 같으면 현직 초등 교사 중에서도 육아 휴직 기간이 상당히 긴 편이었고, 교사로서의 전문성을 발휘하여 받은 마땅한 상이나 자격증도 없었습니다. 하루의 목표는 그저 칼퇴근하여 어린이집 종일반을 서성이는 아이들을

1분이라도 빨리 데리러 가는 것이었습니다. 꼴찌 중의 꼴찌 교사였습니다. (와중에 학교 선생님들 사이에서의 별명은 '전교 1등'이었는데, 매일 가장 먼저 퇴근을 한다고 해서 얻은 이름입니다.) 반 아이들과의 시간은 즐거웠지만 그것만으로 교사로서의 제가 가진 전문성, 실력, 능력을 증명할 방법은 없었습니다.

모아놓은 돈도 없었습니다. 교직에서는 승진이냐 아니냐를 결정해야 하는 시기가 오는데 저처럼 전문성을 증명할 스펙이 시원찮은 경우에는 승진 준비를 그만두고 재테크로 방향을 돌리는 게 조금이라도 나은 결정이지만 이도저도 시원찮았습니다. 다 늦었습니다. 부동산과 주식을 시작해도 시원찮을 나이에 글짓기 걸음마를 떼는 저를 보며 남편은 설명하기 어려운 표정을 지었습니다. 할 말은 많은데 하지 않겠다, 라는 얼굴이었습니다.

"네가 정 하고 싶으면 해봐. 그런데 글쎄다. 그렇게 해서 너 뭐 될래? 우리 노후는 어떻게 할래?"

곱지 않은 시선을 등에 얹고 모른 척하며 쓰기 시작했지만 막막함에 다 엎어버리고 싶은 마음이 커지기도 했어요. 그러던 차에 발견한 문장, 눈물이 죽 흘렀습니다.

난 아무것도 쓰지 않고 그냥 살아왔던 시간도

중요하다고 말해주고 싶다. – 박완서

마흔에 등단한 소설가 故박완서 선생님이 박혜경 평론가에게 건넨 말입니다. 이 책을 읽으며 뭐라도 한 줄 써봐야지, 결심하고 있는 여러분을 위한 문장이기도 합니다. '진작 좀 쓸걸, 꾸준히 좀 쓸걸, 여태 난 뭐했을까, 어쨌든 지금은 너무 늦었어'라는 생각으로 시작을 주저해본 적이 있다면 여기 이곳에 제대로 찾아온 겁니다. 쓰지 않고 살아왔던 시간도 중요하니까요. 아니, 쓰지 않고 살아왔던 그 시간이 가장 중요하니까요.

쓰지 않는 시간의 힘

외로웠습니다.

처음 글이라는 걸 쓰기 시작했을 때는 제 주변에 글을 쓰는 사람이 하나도 없었거든요. (읽는 사람을 찾기도 어려웠습니다.) 가끔 글이 술술 풀릴 때는 주변이 어떻든 상관없었습니다. 그러다 갑자기 슬럼프가 찾아오면 바람 빠진 풍선

이 되고 말았어요. 쓰다 막히고 힘들 때는 도대체 어찌 이겨내야 하는지를 알 방법도 물어볼 곳도 없었어요. 외롭게 비뚤어진 마음으로 쓰다 보니 쓰다 만 글이 너무 마음에 들지 않아 몇 달이 넘도록 다시 열어보지 않기도 하고, 다시는 글을 쓰지 않겠다고 결심하기도 했어요. 제가 쓴 글을 열어놓고 짝사랑하다 차인 여자처럼 서운해하며 노려보기도 했어요. 대체 내가 왜 이 고생을 시작했을까, 후회한 적도 많고요. 그러다 결국 어찌어찌 회복하기는 하는데, 다시 일어서기까지 상당히 오래 걸려요. 첫 책을 내고 나서 슬럼프가 너무 심하게 와서 이제 내 인생에 더 이상의 책은 어렵겠구나, 라는 결론을 내린 채 꽤 오랜 시간을 보냈어요.

그런데 포기가 안 되더라고요. 다시 한번 더 글에 도전하고 싶은 미련이 여전히 남았어요. 그래서 책 쓰기라는 무거운 작업 대신 아주 짧은 글을 하루에 한 편씩 쓰기 시작했어요. 초등학생들의 일기처럼 짧은 글을 매일 한 편씩 썼고 쓴 글을 브런치에 게시했어요. 글 같지 않은 엉망인 글이었는데 신기하게도 브런치라는 플랫폼에 글을 올리고 조회수와 구독자가 올라가는 걸 지켜보는 재미가 생겼어요. 작은 하루의 결심이 다음 날로 이어졌고, 그렇게 꾸준히 다시 쓰기 시작했습니다. 처음으로 글을 쓰는 사람처럼 조심스럽게 두근거리며 벽을 넘어보기로 했습니다. 벽은 예상보다 훨씬 단단하고 두꺼워 단번에 넘기는 어려웠지만 결국 가까스로 넘었습니다.

그때 그 벽이 유일한 벽인 줄 알았으나 겨우 첫 번째 벽이었으며 처음 넘어본 경험을 바탕으로 두 번째, 세 번째는 훨씬 더 수월하고 잽싸게 넘고 있답니다.

글쓰기 5년 차, 이제는 여우가 다 되었습니다.

좋은 일이든 나쁜 일이든 사소하든 크든 경험하기만 했다 하면 무조건 메모장을 펼칩니다. 그러니 하루에도 여러 번 스마트폰 메모장을 열어 끄적입니다. 이제는 분명히 알고 있거든요. 책상 앞에 앉아 키보드를 두드리는 시간만큼이나 누군가를 만나고, 물건을 고르고, 익숙한 도로를 달리고, 저녁밥을 짓고, 설거지하는 일상도 중요하다는 사실을 말입니다.

지금껏 쓰지 않고 살아온 모든 시간은 결국 쓰기 시작하는 지금부터의 삶을 위한 준비 운동이며 반죽을 숙성하는 시간이었을 겁니다. 시간을 거슬러 어느 지점에 멈추어 그때 쓰기를 시작했더라면, 그때 자격증을 땄더라면, 그때 이직을 했더라면, 그때 공부를 시작했더라면 하는 후회와 아쉬움이 조금이라도 남아있다면 결코 늦지 않았습니다.

당신이 되었을지도 모를 사람이 되기에 결코 늦지 않았다.

- 조지 엘리엇

좋은 글을 쓸 수 있는 이유

좋은 글의 조건은 다양하지만 그중에서도 골라본다면 공감과 위로입니다.

제 책 중에《그렇게 초등 엄마가 된다》라는 에세이가 있는데, 신기하게도 그 책을 읽은 이들의 후기가 한결같이 '울다가 웃었다'입니다. 애써 울린 적도 웃긴 적도 없었고, 책을 기획할 때의 콘셉트도 그쪽은 아니었는데 독자의 반응은 신기하리만치 일치했습니다. 초등학생을 키우는 엄마라면 누구나 겪었을 법한 공감 가는 경험과 초등 교사라면 누구나 힘들어했을 웃지 못할 속사정을 담담하게 풀었더니 울다가 웃는 바람에 어디에 털이 날 것 같은 공포감을 제공하게 된 것입니다.

독자가 울다가 웃은 끝에 자발적으로 책을 권하고 부탁한 적 없는 후기를 남기게 만든 건 저의 글솜씨 덕분이 아니었습니다. 진짜 글쟁이라면 별다른 경험 없이도 글만으로 사람을 울리고 웃겨야 할 텐데, 저는 그런 사람이 못됩니다. 그런 남다른 재주도 없으면서 울리고 웃길 수 있었던 건 저라는 사람이 겪어온 시간의 힘입니다.

먹고살려고 온갖 애를 쓰며 버티듯 보낸 시간이 쌓였고 그중 몇 가지를 용기 내어 글로 풀어냈고 그게 책이 되어 생판 모르는 낯선 이들을 울리고 웃겼습니다.

6학년 우리 반 아이에게 발로 차였을 때, 근무하던 학교에서 선생님들 사이에서 은근한 따돌림을 당했을 때, 나처럼 친구 없이 외로워하는 아들을 위로하며 눈물을 삼켜야 했던 그때는 정말 몰랐습니다. 이 속상한 일들이 글이 되고 책이 되어 누군가를 위로하게 될 줄을 말이죠. 그리고 그 조각들이 모이고 모여 매일 쓰는 사람이 되게 해줄 거라는 걸 말이죠.

오늘의 글쓰기 과제는요

지금껏 살아온 인생에 대해 담담하게 풀어내는 에세이의 저자가 된다면, 내 책에 꼭 담고 싶은 나만의 경험은 무엇인가요? 좋은 일이든 안 좋은 일이든 교훈을 줄 수 있든 없든 그런 건 중요하지 않아요. 나누고 싶은 이야기가 있다는 게 중요한 거예요.

오늘은 에세이의 저자가 되어봅시다. 마음에 새겨져 글로 풀어내고 싶은 경험을 담담하게 풀어내보자고요. 그 경험이 사소할수록, 자세할수록 나만의 특별한 이야기가 될 수 있다는 점을 기억하세요.

 그래서 오늘의 첫 문장은요

지금도 제법 생생하게 기억나는 소소한 사건이 하나 있다. 내가 ___ 살 때의 일이다.

5강   ———————

굳이 자신감
꾸며내기

스스로 자신감을 꾸며내라.
– 다이앤 애커먼

잘 아시겠지만, 다이어트는 일주일이 고비입니다.

첫 주에는 당장 살이 훅훅 빠질 것 같은 기대감을 배고픔과 바꿀 만한 열정이 넘칩니다. 운동의 피로도 기꺼이 즐기지만 꿈쩍 않는 몸무게를 확인하며 시작하는 2주 차의 월요일 아침이면 고민은 진지해집니다. '이렇게까지 살을 빼야 하는 이유는 무엇인가, 맛있는 것도 못 먹고 괴롭게 사는 인생이 과연 어떤 의미가 있는가, 이렇게 뺀다고 누가 나를 알아주고 칭찬해줄 것인가, 이런다고 내 인생이 뭐 대단히 달라질 수 있을까'라는 전에 없던 삶의 의미에 대한 깊은 고찰이 맴돕니다. 결론은 대개 비슷합니다.

'그래, 이렇게 힘들게 다이어트를 지속하는 건 무의미해, 지금을 즐기며 행복하게 사는 거야.' 지난 한 주의 힘든 다이어트는 몇 분의 고민으로 조용히 막을 내립니다.

불안할 거예요, 분명히

열심히 쓰고는 있는데 도대체 잘 쓰고 있는 건지 궁금하고 불안해질 거예요. 글쓰기에는 정답이 없거든요. 공들여 썼지만 쓰고 나서 만족스럽고 개운한 법이 좀처럼 없습니다. 어린 시절 담임선생님처럼 숙제 검사를 하면서 통과인지 아닌지를 명확하게 알려주는 사람도 없어요. 시간이 흐르고 제법 많은 글이 쌓이니 이제는 '아 이제 됐다' 싶은 순간을 만나는 건 분명한데, 그때까지는 달리 방법이 없어요.

불안하고 막막하지만 일단 쓰는 겁니다. 불안한 시간, 막막한 한숨이 쌓여야 좋은 글, 읽고 싶은 글, 도움 되는 글, 비로소 내가 쓰고 싶었던 그 글을 쓰게 되거든요. 그러니 일단은 막 쓰세요. 잘 쓰지 말고 막 쓰세요. 쓰기로 한 분량을 채우는 걸 목표로 하세요. 엉뚱한 말을 갖다 붙이고 했던 말을 반복하더라도 좋으니 완성하세요.

잘 쓰는 건 그다음 일입니다. 가장 중요한 건 일단 '쓰는 것'. 분량에 맞추어 써놓은 글을 다시 읽어보며 '잘 쓴 글'로 변화시키는 건 어렵지 않아요. 글을 쓰고 싶지만, 책을 쓰고 싶지만 실패하는 이유는 단 하나, 초고를 완성하지 않았기 때문이랍니다.

꾸역꾸역 쓴 뒤에는 꼼꼼히 저장을 해두고 그만 닫으세요. 그리고 하고 싶은 일을 마음껏 하세요. 게임을 해도 되고 카톡으로 신나게 수다를 떨어도 되고 쇼핑몰에서 원피스를 고르거나 농구화를 결제해도 좋습니다. 상쾌하고 뿌듯한 그 마음으로 하고 싶었던 좋아하는 일을 뭐든 하세요. 단, 오늘 쓴 그 글, 오늘은 절대 열어보지 마세요.

다음 날이 되었나요?

어제 쓴 글을 열어보세요. 어제의 내가 얼마나 형편없이 썼는지 마주할 시간입니다. 피할 수 없어요. 글을 읽으면서 '이거 뭔 소리야' 싶은 부분을 하나하나 고치세요. 맞춤법이 틀리고 문장이 엉켜 있고 문맥이 어색할 거예요. 삭제하고 싶은 부분이 보이고, 덧붙이고 싶은 부분도 많고요. 느긋하게 미소를 머금고 하나씩 여유롭게 고쳐나가면 됩니다. 이제는 누가 뒤에서 쫓아오지 않거든요. 초고를 완성해놓은 자만이 누릴 수 있는 여유랍니다. 그렇게 잘 고쳐놓은 예쁜 글을 저장해두고 다시 새 종이를 펼쳐 오늘의 초고를 쓰세요. 어제 그랬던 것처럼 깊은 고민 없이 격렬하게 힘을 내어 오늘의 초고를 완성하세요. 어제보다 더 막 쓰세요. 어차피 다 고칠 건데 뭐 어떻습니까. 최대한 집중하여 초고를 써놓고 드러누우세요. 오늘의 숙제는 끝났습니다. 어제보다 더 가뿐한 기분으로 드라마를 보고 영화를 다운받아 보고 쇼핑도 하고 커피도 마시세요. 나는 오늘도 성장했으니까요.

이렇게 별것 아닌 습관, 매일의 약속이 모이면 생각이 글이 되고 글은 책이 되어 내 글이 내가 모르는 누군가에게 힘이 되고 도움이 되고 감동을 주게 될 거예요. 지금 당장 시작하세요. 생각은 그만해도 충분합니다.

가장 쉬운 일, 포기

글쓰기는 다이어트와 그 결이 상당히 유사합니다. 매일 써야지, 라고 작정했지만 얼마 되지 않아 재미도 감동도 없는 글을 읽다 보면 포기의 유혹에 빠질 거예요. '이렇게 매일 쓴다고 뭐가 달라지겠어, 글 좀 더 잘 쓴다고 갑자기 부자가 되거나 승진을 하는 것도 아닌데'라며 슬금슬금 포기를 떠올립니다. 사실, 포기가 아니라 중단이라고 생각하지만 포기 맞습니다. 아무도 포기를 권유한 적이 없는데 그만하자, 라는 결론에 닿습니다. 시작을 혼자 했듯 포기도 혼자 합니다. 다들 처지는 비슷하니 일단 위로는 받으세요.

저도 첫 책을 쓰는데 진짜 미치겠더라고요. 막막해서 미칠 수도 있겠구나, 하는 생각이 들었습니다. 매일 반찬 올려두던 식탁에 앉아 키보드를 두드리던 때의 그 막막함이란. 캄캄한 밤, 언어가 통하지 않는 생판 모르는 동남아의 어느 작은 섬에서 홀로 하룻밤 묵을 곳을 찾아다니다가 밤이 깊어져 버린 느낌이었어요.

처음이니까 그럴 수 있어요. 누구나 처음은 막막할 수 있다고 칩시다. 막막함은 견디겠는데, 그만두고 싶은 마음은 도저히 참아내기 힘들더라고요. 왜 계속 써야 하는지를 매 순간 묻고 답하느라 글에 쓸 집중력이 남아나지 않을 정도였어요. 이렇게 두드리고 앉아 있다고 누가 이 시간과 노력을 보상해준다는 보장은 없는 걸 뻔히 알면서도 시작은 했고, 저장해둔 글이 하나 늘어나니 쓴 게 아까워 포기하기는 싫고, 그래서 어제까지 어찌어찌 쓰긴 썼는데 오늘은 쓰기 싫어 환장할 지경이니 매일이 나와의 푸닥거리였습니다. 제대로 쓰고 있는지는 나중 문제이고, 오늘도 써야 하는 이유가 절실했어요.

야속하게도 나와의 싸움이 글쓰기를 방해하는 요인의 전부가 아니에요. 회식, 야근, 육아, 드라마, 잠, 공부, 승진, 친구, 연애처럼 눈앞에 해결해야 할 일은 왜 또 그리 많은지. 그게 훨씬 더 급하고 중요하고 하고픈 일일 거예요. 그래서 우리는 글쓰기를 계속 해야 해요. 아무도 내게 글을 써달라고 한 적이 없으니까. 아무도 내 글을 기다리지 않으니까. 오늘 하루 안 쓴다고 해서 어떤 나쁜 일이나 좋은 일도 일어나지 않을 게 뻔하니까 우리는 글쓰기를 계속해야 해요.

하지 않으면 안 되는 일은 결국 하게 되어 있습니다. 의지를 다지고 마음을 다잡지 않아도 그 일은 결국 마무리될 거예요. 대단한 의지 없이도 잠은 자게 되어있고, 아이는 내가 돌보게 되어 있습니다. 그러나 하지 않아도 되는 일에는 특별한 의지를 들여야 해요. 쓰기로 했다면, 포기하고 싶지 않다면 우리의 의지는 글쓰기에 쏟아부어야 합니다. 굳이 쓰겠다며 의지를 불태우는 이런 나를 별스럽게 보는 시선 따위는 가볍게 흘려버리세요.

가끔은 사람들이 너를 이해하지 못할 수도 있어.
하지만 그건 네가 특별하기 때문이야. – 영화 〈네이든〉

어차피 만족할 수 없어요

- -

글을 쓰기 시작한 사람은 하루에도 몇 번씩 '나는 왜 이렇게 글을 못 쓸까'라는 생각이 들어 쉬이 우울해지거나 위축되고 소심해집니다.

글이란 게 좀 얄밉습니다. 잡힐 듯 안 잡히고, 여차하면 때려치우고 싶어집니다. 그런 면에서는 다이어트와 상당히 유사하지만, 다이어트가 흉내 낼 수 없는 결정적인 차이가 있어요. 제가 다이어트에는 번번이 실패하지만 글쓰기에 실패하지 않은 이유와 같은데요, 바로 요요입니다. 다이어트는 살짝만 방심해도 훌쩍 원래 체중으로 복구되거나 더 찌기도 하면서 사람을 아주 약 오르게 만드는데 글은 아무리 방심해도 절대 예전으로 돌아가거나 더 나빠지지 않습니다. 성장만 있고 후퇴는 없어요.

지금의 우리는 누구나 어릴 때보다 잘 씁니다. 매일 쓰고 있다면 누구나 내년에 더 잘 쓰게 될 거예요. 혹시나 지금 내가 원하는 것이 살 빼기 자체보다 다이어트를 통한 자신감 향상이라면 글쓰기가 확실한 처방입니다. (둘 중 하나만 해야 하는 건 아니므로 다이어트와 글쓰기의 병행을 추천하고 싶지만요.)

우리는 다 비슷해요. 잘 해보고 싶은 영역에서 그 분야의 전문가라 생각되는 이들을 흉내 내고 질투합니다. 좋은 일이에요. 성장의 동력이 되거든요. 블로그를 10년째 운영하는 이의 떡 벌어지게 깔끔한 포스팅을 보고 나면 내 블로그가 초라해보일 거예요. 거기서 꺾이지 마세요. 지금 내가 그 수준이 아닌 건 분명하지만, 글쓰기를 매일 반복한다면 내게도 그런 일이 생기고야 맙니다.

글쓰기, 잘해보고 싶고 꾸준히 해보고 싶지만 아직 제대로 해본 적 없잖아요. 1년도 해보지 않고 된다, 안 된다를 말하지 마세요. 아직은 내 가능성을 판단할 시기가 아니에요. 조금 더 진득하게 오랫동안 써보고, 평가는 천천히 그리고 후하게 하도록 해요.

내 글을 다른 이의 글과 비교할 필요가 없어요. 쓰기만 하면 잘 쓰게 될 것이고, 아직 쓰지 않았을 뿐이고, 지금부터 열심히 쓸 예정이고, 그렇다면 반드시 좋아질 거니까요. 어제의 글, 지난달의 글, 작년의 글과 마음껏 비교하세요.

이런 비교는 약이 됩니다. 지금의 글이 썩 마음에 드는 것은 아니지만 지난달의 글과 비교해보면 한 뼘 정도는 발전해 있을 거예요. 이런 식으로 쉬지 않고 계속 쓰기만 하면 뭐라도 되긴 될 것 같은 자신감이 팡팡 솟을 거예요. 그럼 성공이에요.

자신이 쓰는 글에 만족하는 일은 결코 없을 거예요.
– 페이 웰던

세 시간 법칙

얼마 전에 누구나 알 만한 대형 출판사의 편집장으로 오랜 시간 책을 만들어오신 분의 특강을 들었습니다. 글을 잘 써서 책을 내보고 싶은 초보자를 대상으로 하는 강의였으나 글쓰기 초반에 제대로 못 배운 한이 남아 지금도 찾아다니며 듣습니다. 당시 8권의 책을 출간한 작가라는 사실을 숨긴 채, 으슥한 뒷자리에 앉아 초보자 행세를 했는데, 듣다 보니 다 처음 듣는 얘기라 놀란 기억이 납니다.

가장 인상적인 이야기는 '세 시간 법칙'입니다.

내 첫 책의 주제를 무엇으로 잡아야 할지 잘 모르겠다면 세 시간을 생각하면 된답니다. 누군가와 마주 앉아 적어도 세 시간 동안 쉼 없이 풀어낼 만한 이야기가 있다면 그게 내 첫 책의 주제가 될 가능성이 높다는 거예요.

우리 모두 혼신의 힘을 다해 책을 쓰고 출판을 하자는 이야기가 아니에요. 세 시간짜리 경험이 있든 없든, 그게 책으로 나오게 되든 그렇지 않든 그건 지금 우리에게 중요한 게 아니에요. 누구나 자신만의 특별한 경험이 있다는 게 핵심입니다.

서른일곱이라는 늦은 나이에 첫 책을 내고 급행열차를 탄 사람처럼 짧은 시간에 많은 책을 쏟아내고 보니 아쉬움이 크더라고요. '이렇게 열심히 계속 쓸 것 같았으면 10년, 아니 다만 5년이라도 일찍 시작했더라면 얼마나 좋았을까. 그렇다면 지금쯤 훨씬 더 많은 책을 썼을 테고 훨씬 더 많은 독자의 사랑을 받았을 텐데….'

천만에요. 쓸데없이 아쉬워할 시간에 한 줄이라도 더 쓰는 게 이롭습니다. 지금까지 쓰지 않고 살아온 시간 동안 경험하고 보고 느낀 모든 것이 모여 가까스로 형태를 갖춘 게 나의 글들이기 때문입니다. 쓰지 않고 살아온 시간 동안 내가 보낸 시간은 어떤 단어, 문장으로든 알뜰하게 이미 내가 쓴 글 속에 표현되었을 것이기 때문입니다. 돌이켜보니 쓰지 않던 시간은 글이 될지 몰랐던 글감을 차곡차곡 모으는 시간이었고, 겪지 않았다면 공감할 수 없었을 어려움을 몸소 체험하는 값진 시간이었습니다.

　나의 경험은 오직 나만의 것입니다. 더 거창하고 대단한 성과를 내지 못했음을 아쉬워하지 마세요. 내가 겪은 경험에서만큼은 누구보다 내가 전문가입니다.

오늘의 글쓰기 과제는요

내가 친구를 만나 세 시간 동안 쉬지 않고 설명할 수 있는 주제를 골라서 그중 한 가지에 대해 글을 써보겠습니다. 세 시간이 너무 길다면 삼십 분, 한 시간도 괜찮습니다. 잘 알고 있거나 좋아하거나 진하게 경험했던 것도 좋습니다. 제법 오랫동안 얘기할 수 있는 주제를 정하고 그것에 대해 술술 글이 써지는 경험을 꼭 해보세요.

제게 기회를 주신다면 '생활비 아끼는 꿀팁'에 대해 세 시간 동안 물 한 모금 마시지 않고 풀어내도록 하겠습니다.

그래서 오늘의 첫 문장은요

내가 가장 자신 있게 자세히 설명할 수 있는 분야가 있다면 단연 _____(이)다.

6강 ——————— 단단한 마음 지키기

뭐가 됐든 글을 쓰시고
별 볼 일 없는 인간들이 지껄일 말들일랑 걱정하지 마시오.
— 어니스트 헤밍웨이

　글을 제대로 쓰기 시작할 때 제 모습은 그냥 딱 멍청이 같았어요. 어쩌자고 블로그 한번 제대로 운영해본 적 없는 사람이 감히 책을 쓰겠다고 덤볐는지 지금 생각하면 아찔합니다. 내 글이 책이 될 만한 글인지, 누군가에게 읽힐 만한 가치가 있는 글인지, 다른 이들은 어떤 글을 쓰는지, 어떻게 써서 보내야 출판사에서 책으로 만들어주는 건지 하나도 몰랐습니다. 기본적인 시장 조사가 전무했습니다. 무식하면 용감하다잖아요. 그때의 제가 그랬어요.

　형부가 쓰던 무거운 노트북을 붙잡고 꾸역꾸역 써놓은 글 뭉치를 150곳 넘는 출판사에 보냈어요. 서점과 도서관을 돌아다니며 책 뒷면에 적힌 메일 주소를 수첩에 하나하나 옮겨 적었어요. 직원이 쳐다보는 게 신경이 쓰여 급하게 적다 보니 집에 와서 펴본 수첩의 글씨를 도저히 알아보기 어렵더라고요. 안 되겠다 싶어 책 뒷면의 메일 주소를 사진으로 찍으려고 했는데, 직원에게 걸려 경고를 받았어요. 소심한 마음에 다시 수첩으로 돌아갔죠.

우여곡절 끝에 투고를 하고는 한순간도 마음을 거두지 못하고 기도했어요. 세수를 하면서도, 애호박을 썰면서도, 운전을 하고 드라마를 보면서도 제발, 하고 그 어느 곳에서라도 기별이 오기를 간절히 기다렸어요.

어쩜 그렇게 용감했을까요. 아니, 어쩜 그렇게 무식했을까요.

글을 쓰겠다는 것이 누군가에게 보여줄 글을 쓰겠다는 것과 같은 의미는 아닙니다만 그렇다고 꽁꽁 숨겨둔 채 죽을 때까지 나만 보게 될 글을 쓰겠다는 뜻도 아닐 겁니다. 관심 있게 읽어줄 사람이 있다면 그들에게 보이는 것도 좋겠고, 읽고 나서는 글 좀 쓴다는 호의 담긴 평가도 받기 원합니다. 또 저처럼 한 권의 책을 목표로 한 건 아닐지라도, 비록 이것이 지금은 초라한 글 나부랭이일망정 언젠가 눈 밝은 편집자와 인연이 닿아 책으로 만들어지게 되기를 바라는 마음도 없지 않을 겁니다.

누군가에게 읽힐 글을 쓴다는 건 생각이 다른 이의 혹평을 받을 수도 있다는 의미예요. 계속 글을 쓰고 그 글을 하나씩 세상에 내보이다 보면 원치 않아도 어느 시점부터 독자의 평가를 받는 건 필연적입니다. 읽히기를 원한다면 비판을 감내해야 해요. 혹평을 남긴 그가 맞고, 시원찮은 글을 쓴 내가 틀린 것도 아니고 그 반대도 아니에요. 그와 나의 생각이 다른 것일 뿐이죠. 모든 사람이 같은 생각을 하는 세상, 생각만 해도 소름 돋지 않나요?

그러니 되도록 멍청이처럼 쓰면 좋겠어요. 똑 부러지는 논리적인 글을 써도 될까 말까 한 판에 멍청이 같은 글을 쓰라니, 이건 갑자기 무슨 말? 너무 애쓰지 말고 힘 빼고 편안하게 시작하라는 거예요. 처음부터 너무 공들여 쓴 글에 혹평을 받고 나면 계속 글을 쓸 용기가 사라져버리기 쉬워요. 더 써야 할 이유도 의미도 보람도 없이 괜한 짓을 시작해서 안 받아도 될 상처를 받았구나, 자책하게 됩니다.

멍청이 같은 글에 대해 조금 더 깊은 이야기를 나누어 볼까요?

단단한 마음
- - - - - - - - - - - - -

블로그든 브런치든 SNS든 책이든 공개된 장소에 글을 쓰면 (하다못해 댓글 하나에도) 필연적으로 악플을 마주하게 됩니다. 글을 쓰는 것과 공개하는 것까지는 철저히 내 선택입니다. 그러나 공개 이후의 글은 오롯이 내 것이 아닙니다. 그래서 단단한 마음이 필요합니다.

어떤 혹평을 만나느냐는 내 선택이 아닐 때가 많아요. 신호에 걸려 정차 중이었는데 뒤차가 급정거를 하며 세게 와 들이받는 사고가 종종 일어나는데, 그런 일이 일어날 가능성이 있다는 것을 알면서도 우리는 차를 몰고 외출합니다. 반드시 운전을 해야 하는 상황이기 때문에 일어날 수도 있는 위험을 감수하는 거죠. '나는 다른 차가 와서 내 차를 들이받는 게 겁나서 도저히 운전을 못 하겠어' 하는 마음이라면 차를 두고 조금 일찍 나가 마음 편히 버스를 기다리는 편이 낫습니다. 도로 위에서 사고를 만날 것을 감수하는 것처럼, 언제든 내 글에 대한 혹평을 만날 것을 감수하고 글쓰기를 시작했으면 좋겠어요.

물론 처음에는 손이 벌벌 떨리고 심장이 벌렁거립니다. 왜 올렸을까, 왜 그랬을까. 댓글도 내 글도 모두 지워버리고 싶어집니다. 내가 생각해도 부족하고 얇은 내 글의 논리를 조목조목 반박해놓은 댓글을 세 번 정도 반복해서 읽고 나면 선선한 가을밤에도 귀가 벌겋게 달아오릅니다. 아이디의 알파벳을 조합하여 댓글 단 이의 나이와 성별을 추측해보지만 뭐 하나 알아낼 수 있는 건 없으니 식식대다 끝납니다.

처음엔 다들 그렇습니다. 그래야 처음이죠.

다행인 사실이 있다면, 내 글을 마땅찮아하는 사람이 하나둘씩 그 모습을 드러낼수록 쓰는 나도 배짱과 맷집이 는다는 사실이에요. 예전의 내가 아닌 거죠. (교통사고도 두 번째 당해보니 사고 처리와 치료가 훨씬 매끄럽게 진행되더군요.) 손이 덜 떨리고, 덜 속상합니다. 곱씹는 횟수가 확연히 줄어들고, 잊기까지 걸리는 시간도 차츰 짧아집니다. 쉬운 일은 아니지만 익숙해지는 일인 건 확실합니다.

혹시라도 이런 일을 겪으셨다면 진심을 담아 위로를 드릴게요. 나만 겪는 대단히 드문 일은 아니에요. 누구나 겪어요. 헤밍웨이도 겪었고, 하루키는 더 심하게 겪고 있고, 김영하도 피할 수는 없어요. 여러분이 아는 모든 쓰는 이들은 혹평을 읽고, 잊기 위해 애를 쓰고 견디며 하루하루 글을 더하며 살아갑니다.

재능은 단단한 마음 위에 꽂핀다 했던 작가 와타나베 준

이치의 말을 생각하며 오늘부터 단단한 마음을 갖기위한 연습을 해봅시다.

내 글은 내 것인데

제대로 혹평에 시달린 제 경험을 하나 꺼내볼게요. 소소한 위로가 될 거예요.

캐나다에서 가족과 함께 1년을 지낸 적이 있습니다. 낯선 곳에서의 1년을 글로 공유하여 외국 생활, 캐나다 생활에 대한 정보가 필요한 이들에게 도움을 주고 싶었어요. 저 역시 그런 글들의 도움을 받아 더듬더듬 그곳까지 갈 수 있었기에 현지에서 얻게 된 정보, 경험, 감상을 공유하는 의미 있는 일을 해보고 싶었어요. 거창하게까지는 아니더라도 '외국 생활에 대해 막연한 호기심을 갖는 이들이 심심풀이로라도 읽으면 좋겠다' 하는 순수하고 단순한 마음으로 연재를 시작했어요.

1주일에 한 편 정도로 잡고 동네 마트에 다녀온 이야기, 다니던 현지 영어 회화 수업 이야기 등을 짤막한 에세이와 사진으로 공유하기 시작했어요. 내 나라에서 뭐 하나 아쉬울 것 없이 지내다가 동네 마트에서 우유 한 팩 사는 것도 힘들어진 낯설고 물 설은 외국에서의 실수와 교훈을 꾸밈 없이 담고 싶었던 계획은 연재 2회 만에 중단되었습니다.

제가 정말 단순했나 봐요. 제 이름도 밝히지 않은 채 어느 낯선 플랫폼에 올려둔 캐나다 정착기 두 편은 올린 지 몇 시간 만에 악플로 만신창이가 되어 있더군요. 태어나 이렇게 다양하고 구체적인 욕을 먹어본 건 처음인지라 읽는 내내 손이 덜덜 떨렸습니다.

주로 캐나다에서 오래 살아온 교민들의 글이었습니다.

'겨우 1년 살러 오면서 뭐 이렇게 거창하게 썼냐, 1주일 지내놓고 캐나다에 대해 쉽게 얘기하지 마라, 현지에 취업해서 눈물 쏙 빠지게 일해보지 않았으면 이딴 시시껄렁한 글 올리지 마라, 10년 지내보고 그래도 괜찮으면 써라, 제대로 적응해서 영주권 취득하면 그때 다시 얘기해라, 돈이 남아도는구나, 캐나다 거기 빽빽한 나무 말고 뭐가 있냐, 여기는 천국 아니다, 캐나다 신물 난다 등등….'

한국은 지옥이고 캐나다가 천국이라 쓴 적 없고, 여유롭고 풍족하게 외국 생활 즐기고 있다고 자랑한 적도 없었어요. '도대체 뭐라고 썼기에.' 하고 궁금하실 것 같네요. 대략 이런 이야기였어요. 캐나다에 도착한 다음 날, 처음으로 마트에 가서 사과를 골라 봉지에 담아 저울에 올렸는데 그 동네의 낯선 무게 단위에 어리둥절하다가 결국 맛도 없는 엉뚱하고 비싼 사과를 사들고 돌아오게 되었다는 소소한 이야기. 낯선 땅에서 좌충우돌하며 간신히 첫 주를 보낸 새내기의 들뜬 감회가 그곳에서 다른 경험(아마도 아픈 경험)을 했던 분들의 마음을 불편하게 했던 것 같아요.

저는 매사에 심약한 사람이라 마우스 쥔 손을 떨며 글을 삭제했고 이후 어디서든 작정하고 캐묻지 않는 이상 캐나다에서의 1년에 대해 먼저 말을 꺼내거나 글로 남기지 않게 되었습니다. 이런 걸 트라우마라고 하나 봅니다. 캐나다에 다녀오니 제법 많은 분이 '캐나다 생활을 책으로 내실 계획은 없나요?'라고 물어오시는데, 그저 좋은 추억으로 남기는 것으로 만족하는 게 좋겠다는 결론입니다. 심약하고 소심한 글 쓰는 자의 도피성 결론입니다. 내 글은 내 것인데, 내 것이 아니기도 하다는 사실을 깊이 깨달았습니다. 어떤 내용의 글이든 쓴 사람의 의도와 상관없이 상대를 매우 불편하게 할 수도 있음을 배웠습니다.

2년이 훌쩍 지나 새삼스레 그때를 돌이켜 생각해보면 그렇게까지 놀라고 속상해할 일이 아닐 수도 있었겠다는 조금은 두툼한 마음이 듭니다. 그 사이 제가 보이지 않게 조금씩 단단해진 덕분이겠지요.

칭송을 받다가 비웃음을 사기까지는
한 걸음도 채 걸리지 않는다. – 블라디미르 나보코프

혹평, 긍정적인 증거

유튜브 채널을 운영하면서 다양한 정보를 얻기 위해 〈나
는 유튜버다〉라는 네이버 카페에 자주 들르던 시절이 있었
습니다. 초기에는 모르는 것도 서툰 것도 너무 많아 그곳에
서 하나하나 배우며 채널을 운영해갔습니다.

이 카페에는 눈에 띄는 독특한 제목의 글이 종종 올라오
는데, '축하해주세요, 드디어 악플이 달렸어요' 혹은 '처음
으로 싫어요를 받았습니다'라는 제목이에요. 안 좋은 내용
인데 반가워합니다. 악플은 긍정적인 신호이기도 하거든요.
찍어 올린 영상을 누군가 봐야 좋든 나쁘든 평가를 할 텐데,
채널 운영 초기에는 아무리 열심히 편집해 올려도 보는 이
가 없거든요. 조회 수는 제자리, 댓글은 0개. (가끔 달리는 댓
글은 아빠 아니면 엄마) 그래서 새내기 유튜버들에게는 악플

도 반가운 일이 됩니다. 악플보다 무서운 게 무플이라는 이야기가 괜히 있는 게 아닌가 봅니다.

유튜버에게 악플은 세금과 같은 존재라는 이야기도 해요. 세금처럼 악플도 결코 반가운 존재는 아니지만 성장(매출)의 길에서 필수적인 관문이기 때문에 반드시 동반할 수밖에 없다는 의미겠죠.

글도 꼭 그래요. 블로그, 브런치, SNS 등에 글을 올리고 나면 궁금해져요. 묵직한 내용을 담은 긴 글이든 사진과 함께 올린 가볍고 짧은 글이든 내 손을 떠난 글의 안부가 궁금해 재차 살피게 됩니다. 조회 수는 얼마나 되는지, 댓글이 달리진 않았는지, 좋아요는 몇 개를 받았는지, 혹시나 눈에 띄는 곳에 노출된 건 아닌지.

낯선 플랫폼의 바다에서 꼿꼿이 항해 중인 내 글들을 돌보고 챙기면서는 고양이를 여럿 돌보는 집사의 마음이 됩니다. 모두 내 것이고 어느 하나 소중하지 않은 글이 없지만 독자의 반응에 따라 대견하기도 짠하기도 해지거든요. 유난히 많은 공감과 칭찬을 받는 글 덕분에 으쓱해지고, 선택받지 못한 반응 없는 글 덕분에 새삼 겸손해집니다.

또 예상치 못한 악플을 확인하면 속상하고 초라해지기도 하지만 나쁘지만은 않아요. 드디어 누군가에게 읽히기 시작했다는 신호라는 점을 긍정적으로 바라보자고요. 나도 내 글이 여러모로 부족함을 알지만 그래도 누가 좀 와서 잠시라도 읽어주기를 그간의 우리는 얼마나 고대했던가요.

나를 향했던 날 선 평가들을 떠올려보세요. 유쾌한 기억은 아니지만 꾹꾹 참고 덮는다고 덮어질 것도 아니니 글로 해소해보는 건 어떨까요? 공개된 인터넷 공간에서의 혹평이 아니어도 괜찮습니다. 직장에서, 학교에서, 가정에서 혹은 지인에게 들었던 나를 향한 냉정한 평가, 억울하게 만드는 오해, 편견까지. 뭔가 말하고 싶어지게 만드는 사건을 꺼내봅시다. 그 사건을 자세히 설명해도 좋고, 나의 억울함을 호소해도 좋고, 상대가 나를 오해했다면 그럴 수밖에 없었던 상황을 짚어보는 것도 좋아요. 글의 소재로도 훌륭하고, 묵었던 상처를 훌훌 털기에도 꽤 괜찮습니다.

🖋 그래서 오늘의 첫 문장은요

_____(으)로 산다는 게 이런 불안한 매일을 의미하는 것일 줄이야. 어제 오후에 들은 한마디가 계속 맴돈다.

7강 ———— 글쓰기라는 뜻밖의 위로

마음의 맨 밑바닥에서
끝없이 퍼 올리고 싶은 것을 써라.
– 잭 케루악

아무것도 꾸미지 않고 속 얘기를 털어놓으면서 후련해지고 싶을 때가 있어요. 완전히 있는 그대로 말하죠. 일상의 소소한 고민부터 인생의 굵직한 경험까지 내키는 대로 막 뱉으면서 고민인지 자랑인지 하소연인지 모를 이야기를 밤이 새도록, 목이 쉬도록 해보고 싶어요. (따뜻한 방에 드러누워서 새우깡과 스윙칩을 씹으며.)

현실적으로 그럴 가능성이 좀처럼 없다는 걸 알기 때문에 더 간절한지도 모르겠습니다. 하나도 숨김없이 다 털어놓아도 아무 거리낌 없는 사이라는 것이 과연 존재하기는 할까요? 이 글을 적으며 되도록 천천히 정성껏 주변을 떠올려보지만, 제게는 없습니다. 나 자신을 제외하고 내 모든 걸 있는 그대로 받아들이고 정확하게 내가 의도한 방식 그대로만 해석해주는 이가 제게는 없다는 의미입니다.

친하게 지내는 전 직장 동료는 저의 시시콜콜한 하소연을 인내심 있게 들어주는 편이지만 입이 가벼워요. 만나서 실컷 떠들다 돌아오면 번뜩 정신이 나면서 그 사람과 나누었던 시시콜콜한 속 얘기들이 새어나갈까 불안한 마음이 들기 시작합니다. '그 얘기는 하지 말걸' 후회한 적도 많아요. 멀리 떨어져 사는 고등학교 때 친구와 가끔 통화를 하는데, 그때마다 빠짐없이 '너, 그래서 요즘 얼마 벌어?'라고 하는 통에 언제부터인가 선뜻 전화를 걸기 어려워졌어요. 알고 지내던 편한 동네 엄마 중 하나는 최근 들어 재테크에 제대로 눈을 뜬 모양이에요. 어쩌다 한 번씩 연락하는 사이지만 저는 그녀가 지난 몇 개월간 올린 수익의 총금액을 정확히 알고 있습니다. 그걸 알고 싶어 전화한 게 아닌데 말이에요.

외부에서 찾기 어렵다면 가족끼리는 어떨까요?

저는 가족이 많은 편이에요. 누가 봐도 우애 깊은 형제자매와 한결같이 따뜻한 부모님이 계시고, 한없이 인자한 시부모님과 시동생 가족도 있어요. 웬만한 수다는 두 시간 정도 꾹 참고 들어주는 착한 남편도 있고, 엄마의 잔소리와 신경질을 적당히 이해하고 넘어가주는 순한 아이들도 있어요. 하지만 저는 제 속에 있는 얘기를 그 누구에게도 온전히 다 해본 적이 없어요. 그럴 기회도 없었고, 그럴 용기도 없고, 그럴 시간도 없고, 그럴 필요도 못 느낍니다. 제게는 글이 있거든요.

다들 비슷한 정도의 외로움을 품고 삽니다. 맘 편히 속 털어 놓을 곳 하나 찾지 못해 대가족과 복작대며 지내면서도 외롭다고 느끼고, 복잡한 도시에서도 허전한 밤을 보냅니다. 사람이라는 존재는 기본적으로 '나'를 기준으로 사고하기 때문에 상대를 온전히 받아들이는 건 불가능합니다. 이 불가능이 사람 사이의 디폴트(초기설정) 값이에요. 알면서도 재차 기대하고 실망하고를 반복하는 게 사람 사는 보통의 모습인가 봅니다.

저는 특별한 아이의 엄마인 덕분에 주변의 시선, 위로, 동정, 도움, 무시, 칭찬, 격려 등 다양한 표현을 받고 되도록 적절한 반응을 보여야 하는 사람입니다. 똑같은 행동과 말도 장애아의 엄마가 하면 좀 다르게 보인다는 걸 일찌감치 온

몸으로 느낀 탓에 되도록 덜 딱해보이게, 너무 당당하지도 처량 맞지도 않게, 적당히 담담하게 받아들이는 척하는 습관이 몸에 배어버린 거죠. 제 나름대로 살기 위한 몸부림이었어요. 그렇지 않았을 때 주변에서 나와 우리 가족을 어떤 눈으로 바라볼지 훤히 알기 때문에 애써 괜찮은 척을 하며 살았어요. 그러다 우울증이 깊어졌죠. 그러던 저를 긴 우울증의 터널에서 꺼내준 건 글쓰기였습니다. 행여나 누군가와 커피 한 잔을 마주하고 앉은 자리에서 실수할까 조심스러워할 필요 없이 마음 깊은 곳에 있는 것들을 끌어올려 토해내듯 쓰기 시작했어요. 이 얘기를 어떻게 받아들일지, 이 상황을 두고 뭐라고 평가할지를 개의치 않고 속의 것을 풀어내고 후련해하기를 반복하면서 차츰 본디의 정신을 찾아갔어요. 주변의 말과 행동에 상처받고 돌아온 날, 아이의 병원 검사 결과를 받고 온 날, 아이가 먹어야 하는 약의 종류와 용량이 늘어난 날이면 잠깐이라도 시간을 내어 키보드 앞에 앉았어요. 억울하고, 안타깝고, 미안하고, 답답하고, 막막한 그 날의 복잡한 감정들을 날 것 그대로 도망치듯 써놓고는 창을 닫아버렸어요.

시간이 한참 지나서야 한 번씩 파일을 열어봅니다. 다행인 것은 곧 죽을 만큼 힘든 마음으로 써놓았던 그 날의 글을 다시 읽으면 '뭐 이런 일로 이렇게까지 울고 그랬을까, 그래도 지금은 사정이 조금 나아지긴 했구나' 하는 마음이 든다는 거예요. 적어도 이 글을 쓰던 당시보다는 훨씬 숨 쉴 만하다는 거고요.

이유는 나를 위로하는 글이었기 때문이에요. 그 날 겪은 일을 세밀히 기록하여 훗날을 도모하기 위함이 아니고, 어딘가에 공유하여 비슷한 처지의 누구를 위로하기 위함도 아니었어요. 상품으로서의 가치를 지닌 책으로 만들기 위함도 아닌, 온전히 나 자신의 마음을 위로하는 용도의 글이었기 때문이에요.

누구에게도 하지 못했을 이야기가 가득 담긴 비밀스러운 한글 파일을 열고 닫은 덕분에 이만큼 근근이 용기 내어 살아가고 있습니다. 글쓰기가 치유의 과정이 되는 이유를 몇 가지 생각해볼게요.

줄곧 조용히 들어줍니다

누군가에게 내 얘기를 꺼내는 자리에서는 상대의 반응을 의식하지 않을 수 없습니다. 상대가 하나든 다수든 크게 다르지 않습니다. 구절마다 격한 공감과 호응을 해주며 끄덕 끄덕 들어주는 상대 앞에서라면 춤을 추듯 신나 속을 꺼내 보일 용기를 얻곤 하지만, 그것도 한두 번입니다. 시간 제한 없이, 소재의 제한 없이 온전히 들어주는 상대는 세상 어디에도 없어요. 부모 자식 간이나 부부 사이에도 어려워요. 속절없이 내 얘기만 듣고 앉아 있어야 하는 그 사람은 무슨 죄랍니까. 내 얘기만 늘어놓기 미안해 서로의 안부를 묻고, 당최 관심이 가지 않는 이야기도 눈을 부릅뜨고 집중해 듣는 노력을 하지만 그러는 사이, 정작 하고 싶었던 얘기를 꺼내지 못하고 일어설 때가 더 많았습니다.

또 상대의 반응이 예상과 다를 때의 당황스러움도 내 몫입니다. 용기 내 고민을 털어놓은 건데 부러워한다거나, 있었던 일을 얘기한 것뿐인데 대뜸 꾸짖는다거나 하는 상황 말이죠. 누구나 한 번쯤 겪어봤을 거예요. 사람의 생각과 경험치가 모두 다르기 때문에 일어나는 자연스러운 모습이에요. 이런 일이 몇 차례 오가는 사이, 사람들은 서로 상처를 주고받습니다.

그래서 글이 효자예요. 몇 시간이고 같은 자세로 조용하게 들어주거든요. 엉뚱한 반응을 불쑥 내뱉지도 않고, 부러워하거나 혼내지도 않아요. '후련해질 때까지 얼마든 계속

해'라며 따뜻함으로 묵묵히 자리를 지켜냅니다.

본론으로 직진하라

모두에게 적당히 멀지 않은 약속 장소를 정하기 위해 검색창을 두드리거나 정작 만나서는 안부를 주고받을 틈도 없이 메뉴 선정에 호들갑스러워지거나 언제쯤 진짜 내 속얘기를 꺼내야 할까를 신경 써야 하는 만남에 지친 듯했어요. 만남이 기다려지고 반가울 때도 있었지만 늘 그렇지는 않았거든요. 와자지껄 떠들며 온갖 맛있는 음식과 커피, 디저트로 배를 가득 채우면서도 정작 하고 싶었던 얘기는 꺼내지 못할 때가 더 많았어요. 가벼운 일상 수다로 시작해 조심스럽게 조금씩 깊어지고 무거워지는 대화의 패턴들. 나쁘지 않았지만 상당한 에너지가 드는 일임은 분명해요. 그래서일까요? 돌아오는 길이면 지금 내 배가 고픈 건지 부른 건지 알 수 없는 이상한 기분이 들 때가 많았어요. 주고받았던 이런저런 말들이 기어이 남아 탁한 호수에 빠졌다 나온 것처럼 속이 시끄러웠어요. 그게 살아가는 것이려니 하며 침을 삼켜보았지만 이것 말고는 방법이 없는 걸까, 점점 더

목이 말라오는 걸 느꼈어요. 그래서 더 글쓰기에 쉽게 마음을 내줬는지도 모르겠어요. 다 필요 없고 그저 본론으로 직진하고 싶은 순간, 아무것도 의식하지 않고 본론을 꺼내 보여도 괜찮은 유일한 상대였거든요. 언제든 내가 원하는 만큼, 원하는 장소에서 바로 시작할 수 있어요. 이쯤에서 그만두고 싶어지면 막차 핑계를 대며 미안한 듯 일어설 것 없이, 쓰던 다이어리와 노트북을 덮어버리면 되고요.

독자를 의식한 글이 아니기 때문에 첫 문장을 어찌 시작할까, 제목은 뭐라고 붙일까, 에피소드 하나를 추가할까 말까를 고민할 필요가 없어요. 첫 문장부터 다짜고짜 오늘의 나를 힘들게 만든 그 인간의 이름을 정확하게 소환하여 성이 풀릴 때까지 패면 그뿐입니다. 구차한 이유, 쪼잔했던 나에 대한 변명, 어쩔 수 없는 상황에 대한 널찍한 이해 따위는 잊고 그저 속이 시원해질 때까지 최대한 치사하고, 유치하고, 이기적인 마음으로 욕을 퍼부어도 괜찮습니다. 이곳은 나의 대나무숲이니까요.

덧붙임, 주의 사항

말은 하고 나면 사라져버리지만 글은 남는다는 점이 장점이자 치명적인 단점이 될 수 있음을 기억해야 합니다. 실컷 욕하고 퍼부으며 위로받되, 뒤처리가 깔끔해야 해요.

같이 근무하던 선생님 댁에 사단이 난 적이 있습니다. 글때문에요. (지금부터 이 선생님을 A씨라고 할게요.)

둘째 며느리인 A씨는 구정 전날 시댁에 모여 음식 준비를 하고 있었대요. 한참을 준비하고 잠시 쉬는 시간이라 작은 방에 허리를 펴고 누웠는데 공책 한 권이 눈에 들어왔습니다. (망할.) 아무 생각 없이 공책을 펼쳤는데 하필이면 시어머니의 일기장. 뒤늦게 한글을 배워 쓰는 재미에 빠진 시어머니는 일상의 소소한 일들을 지나치게 솔직하게 담아놓으셨더랍니다.

'오늘은 A가 비싸보이는 가방을 들고 왔다. 얼마일까, 돈을 펑펑 써대는 모습이 보기 싫다.'

'내 아들 고생시키는 A가 밉다.'

(이하 생략)

평범한 시어머니가 가질 수 있는 일상의 감정들을 담담하게 적어둔 글이었지요. 평소 살갑게 대해주시던 시어머니에게 특별한 불만이 없었던 A씨는 눈이 뒤집혔습니다. 시어머니께 죄가 있다면 아들을 아낀 죄, 아들을 아끼는 마음에 속상해서 마음껏 토해낸 수작을 완벽하게 숨기지 못한 죄가 있겠네요.

자나 깨나 조심하십쇼.

오늘의 글쓰기 과제는요

세상에서 가장 사소하다고 생각되는 고민을 찾아보세요. 친구들에게 털어놓는다면 '뭐 그런 걸 고민하느냐'는 핀잔을 받기 딱 좋은, 트리플 A형 같은 극소심쟁이의 전형으로 보일 고민 말이에요.

저는 네 명의 친구들이 수다 떠는 카톡방의 분위기가 예전 같지 않다는 점이 계속 마음에 걸리는 게 고민이에요. '내가 무슨 말실수를 하진 않았나, 내가 예전보다 돈을 잘 버는 게 마음에 들지 않아서들 저러는 건가, 내가 먼저 만나자고 말을 걸어볼까, 아니야 그건 너무 할 일 없어 보일 수 있으니 일단은 분위기를 좀 지켜보자.' 저는 어제 이 고민을 하느라 많이 바빴답니다.

그래서 오늘의 첫 문장은요

애들이 바쁜가, 최근 들어 카톡방이 조용하다.

그냥 틈틈이 좀 썼어, 하고 무심한 척 놀라게 해줄

기분 좋은 상상을 하며 어른 개구리들의 비밀스럽고 은밀한

글쓰기를 시작합시다.

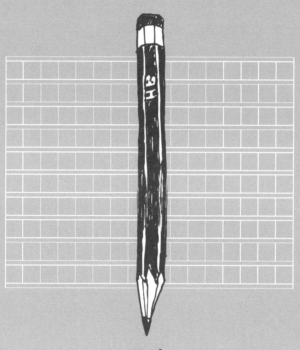

2부

어른의 글쓰기, 습관

Writing

써야겠다고 결심했다면 쓰는 습관이
나를 쓰는 사람으로 만들어줄 거예요.

매일 쓰세요,
출근하듯, 밥 짓듯

한 편집자가 이렇게 물어온 적이 있다.
"매일 글을 쓰시나요?"
나는 아니라고 대답할 수밖에 없었다.
그날 이후로 나는 매일 글을 쓴다.
– 니컬슨 베이커

이 책을 펼쳐 들어 읽기 시작했다는 건, 매일 글을 써보겠다는 마음이 어느 정도는 있다고 해석해도 괜찮을까요? (그 꿈틀거림이 매우 작거나 이제 막 시작일 수는 있더라도) 그 정도는 아닌데, 라고 생각했더라도 괜찮아요. 제목을 안 보고 책을 펼쳤다면 모를까, 제목을 보고 집어 들었다면 영 틀린 해석은 아니라고 봅니다. 쓰는 일과 잘 쓰는 일에 남들보다, 이전보다 조금 더 깊은 관심이 있을 거라는 전제를 깔고, 이제 본격적으로 글쓰기 습관에 대해 이야기를 나눠보고 싶습니다.

쓰고 싶으신가요? 잘 쓰고 싶으신가요?

좋습니다. 그래서요? 그렇다면 써야죠. 잘 쓰지는 말고요, 일단 쓰자고요.

글쓰기의 금수저

사실, 사람이 모인 곳이면 어디나 그렇겠지만 이 구역에도 금수저는 있습니다.

초등학교 운동회 날을 더듬어 떠올려보세요. 반 바퀴나 뒤처진 청백 계주에서 단숨에 역전을 시켜버리고도 별로 숨이 가빠보이지 않는, 동갑내기 친구인데 몇 살 위처럼 느껴지는 친구. 어느 학교에나 이런 친구가 있고, 하필이면 이런 애들은 꼭 나랑 같은 조에서 달리지요. 이런 친구와 나를 비교하는 건 해로워요. 이 친구는 타고난 사람이에요. 매우 드문. 매우 신기한. 매우 부러운. (갑자기 생각나서. 저는 달리기를 세상에서 가장 못하고요, 우리 조에서 달리다가 너무 늦게 들어오는 바람에 뒤 조의 1등보다 살짝 먼저 결승선을 밟아 1등 도장과 공책 세 권을 수상한 경험이 있습니다. 끝내 아무 말도 않고 공책 세 권을 품에 안았던 나쁜 어린이였습니다)

글도 타고난 사람이 있긴 있더라고요. 잘 쓰지는 말고, 그저 매일 쓰기로 약속했을 뿐인데 혼자 저기 멀리까지 확 치고 나가면서 유독 반짝이게 쓰는 사람이 있긴 있더라고요. 저는 작년부터 책 쓰고 싶은 분을 위한 개인 코칭을 해드리고 있는데요. 많은 분과 인연을 맺고 글을 봐드리면서 조금 더 또렷이 알게 됐어요. 금수저를 쥐고 태어나신 분이 아주 가끔 있다는걸. 글을 쓰는 감각이 남다른 사람이 아주 가끔 있어요. 제가 만나본 적 없는 부류 중 그런 이들이 있을 수 있겠네요. 세상과 단절된 것처럼 혼자 유유히 보석 같은 작품을 연이어 발표하는 소설가 같은 비현실적인 사람들. 다행인 건 그런 이들이 엄청나게 드물다는 사실이죠. 곱슬머리 유전자와 하체 통통한 유전자처럼 흔히 만날 수 있는 일이 아니니 미리 그들을 염두에 두고 겁먹을 필요 없습니다.

그리고 슬프지만 분명히 해두고 싶은 한 가지는 여러분도 저도 그쪽(금수저) 부류는 아니라는 거예요. 그렇게 확신하는 이유가 있는데, 글쓰기 금수저들에게는 이런 책이 필요하지 않지요. 그들은 이미 고개 박고 청탁받은 원고를 쓰기에도 모자란 하루를 보내고 있을 거예요.

혹시 저는 금수저가 아니냐고요? 제가 글쓰기 금수저를 물고 태어났다면 정성껏 투고했던 150개 넘는 출판사 중 적어도 두 군데 정도는 출간 제안을 했어야 하는 거 아닌가요? 간신히 턱걸이로 첫 책을 내게 되었고, 이후에도 결코 평탄치 않았던 책 쓰기 과정은 금수저는 겪지 않아도 되는 과정이랍니다. 그래서 이 책은 금수저를 물고 태어나지 않은 우리 모두를 위한 책이에요. 금수저로 태어나지 못했다면 노력의 힘으로 은수저를 꿈꾼다면, 방법은 하나.

매일 쓰는 습관입니다.

뜻밖의 행운

지금 이 책을 읽고 있다면 매우 운이 좋은 사람입니다. 지금껏 몰랐던 뜻밖의 행운이 당신에게 있습니다. 원래 잘 쓰는 사람이 아니라는 건 실은 행운이에요. 놀리는 거 아니에요. 저 진지합니다. 글솜씨를 타고나지 않은 우리는 매우 여유롭고, 가능성이 높습니다. 지금부터 조금씩 점점 더 잘 쓰는 사람이 되는 거니까요.

이를 악물고 쓰거나 잘 써야겠다고 불타오르는 만큼 잘 쓸 수 있다면 주먹을 힘껏 쥐어야 마땅하겠지만 글은 그런 성질의 것이 아니에요. 최대한 겸손하고 조심스럽게 그러면서도 할 수 있는 한 정성을 쏟아 성실하게 뚜벅뚜벅 다가 가야 해요.

잘 쓰려고 노력하지 마세요. 잘 쓰고 못 쓰고에 신경 쓰지 마세요. 잘 쓰려고 노력하는 순간 힘이 들어가고, 며칠 못 가 그만두게 됩니다. 무언가를 글이라는 형태로 만들어 낸다는 것 자체에 뿌듯함을 느끼세요. 완성한 글을 꼼꼼히 다시 읽으며 마음에 들지 않아 하거나 가까운 누군가에게 보여줘 괜한 핀잔과 지적을 받는 일이 없도록 하세요. 오늘도 다짐대로 쓰긴 썼다는 사실을 떠올리며 스스로 칭찬하세요. 그래야 잘 쓸 수 있어요. 잘 쓰려고 애쓰는 것보다 매일 쓰기 위해 노력하는 게 훨씬 빠른 길이에요.

출근하듯, 밥 짓듯

글쓰기를 그냥 '일을 한다'라고 생각해보세요.

대단한 작업이라고 생각하면 올해 안에 한 쪽도 쓰지 못합니다.

저는 식사를 마치면 자연스럽게 식탁 위의 그릇을 치우고 식탁을 행주로 깨끗이 닦아냅니다. 반찬 통의 뚜껑을 닫고 냉장고를 열어 차곡차곡 쌓아둡니다. 그릇과 냄비를 모두 모아 설거지를 하고, 때로 행주를 깨끗이 삶기도 하고 싱크대도 물기 없이 닦아놓지요.

'오늘은 영감이 오지 않아서 반찬통을 냉장고에 넣지 못하겠어, 설거지도 오늘은 불가능해'라며 어제까지 매일 하던 일을 할 수 없다고 버티는 날은 없습니다. 영감이 떠오르지 않아 쌓아둔 그릇을 영감이 떠오른 어느 날 한꺼번에 다 닦아도 괜찮은 걸까요? 글쓰기와 설거지를 비교하는 게 말이 되냐고 되묻고 싶겠지만 몇 년간 매일 해보니 설거지와 글쓰기가 상당히 유사한 일이라는 사실을 깨달았습니다. 그래서 저는 매일 아침에 일어나 식사 준비하는 일과 같다는 마음으로 글을 썼습니다.

오늘따라 기분이 나쁘거나 컨디션이 조금 좋지 않다거나 반대로 오늘따라 몸이 가뿐하고 행복하다는 것이 아침 식사 준비에 큰 영향을 미치지 않아요. 어쨌거나 나는 매일 아침 식사를 준비하는 역할을 해내는 사람이거든요. 어제 속상한 일이 있어 기분이 가라앉았어도, 오늘 아침 유난히 두통이 느껴져도 그건 그렇다 치고 기어이 아침 밥상을 차려냅니다. 열이 펄펄 끓고 손가락에 붕대를 칭칭 감은 게 아니라면 하기로 했던 일, 해야 하는 일, 내가 맡은 일은 참고 해냅니다. 그게 나의 일상이며 이런 일상이 모여 내가 되고 인생이 됩니다.

그게 아침 식사이고, 그게 인생이더라고요. 좋든 싫든 맡은 일은 꾸역꾸역 하는 것. 하고 나서 대단한 감사 인사를 듣거나 성취감이 큰 건 아니지만 그렇다고 기분 따라 홀쩍 건너뛸 수도 없는 일, 안 한다고 비난받거나 당장 무슨 일이 일어나는 건 아니지만 (아침 한 끼 굶는다고 죽지 않잖아요.) 가족의 하루를 여는 무엇보다 중요한 일과.

어떤 날은 미역국의 간이 제법 잘 맞춰져 밥이 술술 들어가기도 하지만 다음 날 아침에는 그 쉬운 계란말이를 태울 수도 있지요. 마찬가지로 그 날따라 글이 재미있게 술술 잘 써지기도 하고 영 아니다 싶게 다 지워버리고 싶은 글일 수도 있어요. 그럼에도 내일 아침이 되면 언제 그랬냐는 듯 어제의 맛없는 계란말이는 잊고 익숙한 솜씨로 주먹밥을 굴려 내거나 계란찜을 시도하기도 합니다.

어제의 별로인 글은 그것으로 끝, 오늘의 나는 오늘의 글을 또 씁니다. 이 시간이 쌓이고 이 글들이 모여야 비로소 '글 쓰는 사람'이 될 수 있답니다. 왜냐하면 우리는 글쓰기의 금수저를 물고 태어나지 않았으니까요. 어찌됐건 뭐라도 열심히 쓰기로 결심했으니까요,

소설가 무라카미 하루키는 매일 두 쪽의 글을 쓴대요. 원고지로는 40장 분량인데요, 더 쓰지도 덜 쓰지도 않고 매일 그만큼씩 쌓아간대요. 그날의 영감과 기분, 컨디션과 상관없이 말이죠. 그렇게 1년 정도 쓴 분량의 원고들을 모아 장편 소설을 완성하는 일을 수십 년째 지속하고 있답니다. 하루키 정도면 이제 좀 쉬엄쉬엄 써도 충분할 텐데 칠순이 넘은 그의 글쓰기를 지켜보면서 저는 도저히 엄살을 부릴 수가 없습니다. 하루키보다 성실하게 쓰지 않았으면서 그의 실력에 닿기를 바라면 안 되는 거죠.

정말이지 생각할수록 대단한 양반입니다.

쓰고 싶지 않을 때도 글을 써라.

쓰고 있는 글이 마음에 들지 않을 때도,

별로인 글만 쓰게 될 때도. – 애거사 크리스티

글을 쓰긴 써야 할 것 같은데 진짜 너무 쓰기 싫은 마음에 대해 자세히 써보겠습니다. 글에 대한 안 좋은 기억, 글 쓸 때의 막막함, 그럼에도 왠지 써야 할 것 같은 묵직하고 짜증스러운 감정을 그냥 마구 토해버리세요.

저는 정말 몸도 안 좋고, 기분도 안 좋고, 날씨마저 흐린 날의 다음 날이 원고 마감하는 날이면 땅으로 꺼져버리고 싶은 충동이 들어요. 그것도 아주 심하게. 결국 노예처럼 책상에 끌려와 앉아 꾸역꾸역 써내고야 말지만 말이죠.

에이, 글쓰기가 제일 싫어.

그래서 오늘의 첫 문장은요

아, 진짜 글쓰기 너무 싫은 날이다. 글은 왜 쓰겠다고 시작을 했는지 모르겠다.

9강 ——————— 어른이니까, 설거지는 내버려 두기로

설거지는 내버려 두자.
자신의 시간을 빼앗기지 말자.
사람들이 해달라고 하는 일을 냉정하게 거절할 필요가 있다.
– 린 샤론 슈워츠

어른이라서 좋은 점이 쏠쏠합니다. 그중에서 두 가지를 꼽아보자면 (물론, 어른이 되어 곤란한 점은 열다섯 가지 정도 꼽을 수 있다는 게 슬프지만 말이죠.) 첫째, 강제로 시험을 보지 않아도 된다는 것, 둘째, 내 할 일의 순서와 종류를 마음대로 결정할 수 있다는 것입니다.

하나씩 살펴보죠.

첫째, 강제로 시험을 보지 않아도 된다.

물론 월급의 노예로 살다 보면 다 자란 어른임에도 원치 않는 시험을 봐야 할 때가 있긴 합니다. 자격증, 승진, 대학

원 시험 등이 그것인데, 학생 시절의 시험과는 좀 다릅니다. 피하려면 피할 수 있는, 그러니까 완전히 강제적인 시험은 아니라는 거예요. 학생 때를 떠올려보세요. 그저 착실히 학교를 오갔을 뿐인데, 아무도 의사를 묻지 않고 중간, 기말고사 시험지를 내밉니다. 거기서 끝이 아니죠. 점수가 주는 후폭풍도 결코 원하지 않았던 과정입니다.

둘째, 내 할 일의 순서와 종류를 마음대로 결정할 수 있다.

어른이 되고 사회생활을 하다 보면 누군가 재촉하고 달려드는 일부터 급하게 해내야 하긴 하지만 적어도 집안, 나의 지극히 개인적인 일에서만큼은 자유가 보장됩니다. 스마트폰으로 게임하는데 엄마가 문 열고 들어와 지금 당장 일기 쓰고, 책가방 챙겨놓고, 양치질하고, 책 읽다가 10분 후에 불 끄고 누우라고 소리 지르는 일은 이제 없습니다. 양치질하고 아침 먹어도 되고, 아침 먹고 양치질해도 됩니다. 아침 안 먹어도 뭐라 하는 이가 없고, 양치질 안 해도 뭐라 하는 이가 없습니다. 어른만의 특권이지요.

덕분에 어른에겐 해야 할 일을 슬쩍 미룰 자유가 있습니다. 어른이라는 자유를 만끽하느라 얼마나 가지각색으로 게으름을 부리는지, 내가 해놓고도 기가 막힐 때가 많습니다. 저는 귀찮아서 죽을 것 같은 심정을 자주 느낄 만큼 게으른 사람이라 신호 위반 고지서를 받고도 납부 안 하고 미루다 결국 과태료 붙는 건 흔한 일이며, 널어놓은 빨래를 개지 않고 바짝 말리는 바람에 수건이 걸레처럼 거칠어지는 일도 자주 생깁니다. 버리기로 한 걸 미루고 쌓아두는 건 기본이나, 사기로 한 건 절대 미루지 않아 집안 곳곳에 너무나 많은 물건이 자리를 차지하고 있습니다. 이렇게 살면 안 됩니다.

우리 이런 지긋한 미루기는 그만하고 어른이 가진 이 자유를 글쓰기에 활용합시다. 그러기로 맘먹지 않으면 글쓰기를 미룰 자유만 남습니다. 글쓰기를 미룰 수 있는 자유 말고, 글쓰기를 위해 여타의 자질구레한 일상을 미룰 자유가 있다는 점을 기억하세요. 무엇을 미루고 글쓰기를 시작해볼지, 즐거운 계획을 세워봅시다.

글쓰기의 기회비용

'기회비용'이라는 말을 들어봤을 거예요. 하나를 얻기 위해 포기해야 하는 다른 하나를 뜻하는 경제 용어입니다. 5만 원으로 구두를 사기로 했다면 근사한 저녁 식사는 미뤄야 하는 거죠.

글쓰기에는 엄연히 기회비용이 존재해요. 집에 있는 컴퓨터를 켜거나 굴러다니는 공책을 펼쳐 쓰기만 하면 되는 일이니, 들어가는 '비용'은 적지만 글쓰기를 지속하기 위한 '기회비용'은 제법 큽니다. 앞의 글들을 읽어오면서 매일 드린 첫 문장으로 글쓰기를 하고 있었다면 이제 약간 실감나겠지만, 글쓰기에 드는 시간과 에너지는 결코 대수롭지 않습니다. 그 시간에 글을 쓰지 않는 대신 볼 수 있는 영상이 넘쳐나고, 해야 할 집안 일과 회사 일도 쌓여 있습니다. 그래서 글쓰기는 필연적으로 실패하고야 맙니다.

내 일상의 구조적인 변화가 필요해요.

다 가질 수 없잖아요. 한정된 시간과 에너지를 최대한으로 활용하기 위해서는 일상의 우선순위가 필요해요. 해야 하는 것, 하기로 한 것을 먼저 하는 습관이 필요해요.

쓰지 않던 사람이 쓰기 시작하면서 하루가 늘 바쁘고 정신없어졌어요. 직장에서 가정에서 해오던 일이 있고, 미룰 수도 없는 일들인데 글쓰기라는 일과 하나가 불쑥 끼어든 거죠. 앞에서 강조했지만 아무도 제게 글을 쓰라고 시킨 적이 없고, 아무도 제 글을 기다리지 않는데 굳이 쓰기 시작했기 때문에 글을 쓴다는 이유로 직장과 가정에서 시간과 업무의 편의를 구할 수는 없었어요. 그래서 어느 틈을 비집고 들어갈까를 고민했습니다. 큰맘 먹고 과감히 정리한 몇 가지가 있는데 드라마 본방사수, 심심풀이 쇼핑, 대형마트 장보기, 커피 모임을 줄였습니다. 아주 끊지는 못했지만 끊는다는 느낌으로 최소한만 유지했어요.

결과는 생각보다 효과가 있었어요. 하나둘씩 일상의 우선순위를 조율하는 것만으로도 전에 비해 어느 정도의 시간이 확보되었고, 동동거리며 시간에 쫓기지 않게 되었어요. 그로 인해 얻은 시간과 에너지를 글에 쏟을 수 있어 결과물이 나아진 것도 사실이고요.

글을 쓰기 위해 이 개념을 기억해야 합니다.

누구도 시키거나 기다린 적 없는 자발적 글쓰기를 시작한 어른이라면 글을 쓰기 위해 들이는 시간과 노력만큼 다른 무엇을 포기해야 할까를 결정해야 합니다. 언제나 어떤 결정에는 얻는 게 있으면 잃는 것이 있답니다. 글 쓰는 일상을 위해 포기한 것도 있지만 지금이 아니면 결코 갖지 못했을 글과 책을 얻었습니다.

글쓰기에 도전하려 한다면 누구나 굉장히 빠르고 쉽게 실패할 수 있습니다. 매우 간단한 일이라 방법을 검색할 필요가 없고, 굳이 마음먹고 시도할 필요도 없습니다. 100명 중 99명이 글쓰기에 실패합니다. 조금만 느슨하면 곧장 실패합니다. 성공하는 게 신기하기도 합니다.

실패의 이유를 자세히 들여다보면 결국 기회비용 때문인 경우가 많습니다. 이것저것 다 잘하려 하거나 하던 대로 유지하려다 보면 가장 먼저 포기하고픈 마음이 드는 것이 글쓰기이기 때문입니다.

시작하기는 어려운데 중단하기는 참 쉬운, 글쓰기는 하여간 여러 가지로 대단한 놈입니다.

왜 하필 설거지인가
- -

제가 잘 하는 짓인데요, 주로 설거지를 미룹니다.

물론, 매일 그러지는 않습니다. 설거지를 미루게 될 때에도 나름의 기준은 있습니다. (이런 나만의 기준들은 해를 거듭

하며 더욱 정교하고 체계화되는 중입니다. 기준 없이 흔들리는 지금의 글쓰기는 당연한 과정이라 생각하세요.)

제가 당당하게 설거지를 미루는 나름의 원칙이 있는데요, 잠시 소개하고자 합니다.

설거지 미루기의 원칙. 글을 쓰기 위해서는 미루되, 다른 이유로는 그러지 말자.

오늘 써야 할 분량을 한참 못 채운 날, 몇 시간 안으로 마무리해서 보내야 하는 원고가 있는 날, 영감이 강하게 떠올라 다 제치고 쓰고 싶은 날(몹시 드물지만)에는 설거지를 두고 곧장 쓰던 글로 돌아가 앉습니다. 담당이니까 밥은 차려 놓지만 저는 먹지도 않고 돌아서는 날도 있습니다. 그렇게 한참을 빠져 쓰다가 어느 정도 마무리가 되면 뒤늦게 정신이 듭니다. 주방 사정은 뻔할 겁니다. 글쓰기라는 독특한 일을 하는 제 사정을 이해하고 바쁜 엄마를 대신해 각자의 방식으로 정리해둔 서툰 식탁을 뒤늦게 확인할 때면 고맙기도 미안하기도 합니다. 하지만 어쩌겠습니까, 종일 주방을 지키며 쓸고 닦다가는 한 글자도 쓸 수 없으니 말입니다.

한참을 정신없이 쓰다가 목이 말라 주방에 가면 식탁 위의 밥풀이 말라 딱딱해져 있습니다. 괜찮습니다. 파리도 먹고 살아야죠. 게으른 주인 만나 호강하고 여유 부리는 파리도 몇 마리 정도는 있어야 공평한 세상입니다. 저희 집 파리들은 금수저를 물고 태어난 모양입니다. 매일이 잔치인 걸 보니.

신기한 일은 그다음에 일어납니다.

그렇게 설거지를 미루고 글을 쓰면 결국 어떻게든 설거지는 마치게 되어 있습니다. 글 쓰는 것 때문에 설거지를 미루다가 밥 담아 먹을 그릇이 없어 종이컵과 나무젓가락을 꺼내어 쓴 일은 적어도 지금까지는 없었습니다. 설거지를 미루고 글을 쓰면 글이 남고, 설거지도 언젠가는 끝나게 마련입니다. 설거지를 하느라 글을 못 쓰면, 설거지는 했지만 글은 남지 않습니다.

그러니까 반드시 설거지를 미루고 글을 쓰라는 얘기가 아니라, 설거지 정도는 미룰 수 있을 정도의 여유를 가지고 글쓰기를 지속하라는 의미입니다.

이 원칙을 지속하기 위해서 또 하나 중요한 점은 글쓰기가 아닌 다른 핑계로 일상에서 할 일을 미루지 말자는 겁니다. 이유와 상관없이 번번이 미뤄온 설거지라면, 밥 먹고 놀고 싶은 초등생 아들이 대신해줄 이유도, 퇴근하고 피곤한 남편이 소매를 걷어 올릴 이유도 없기 때문입니다. 평소에 성실하되 글쓰기에 대해서만큼은 예외를 구하자, 라는 게 나름의 원칙입니다.

전혀 그런 의도가 아니었음에도 불구하고 다 쓴 글을 읽어보니 저의 게으른 일상과 지저분한 주방에 대한 해명 같은 느낌이 드네요. 음, 판단은 오롯이 여러분의 몫입니다.

미룰 순위

무엇을 먼저 할 것인가에 대한 결정의 기준을 '우선순위'라고 합니다. 이사 갈 집을 고를 때, 우리는 우선순위를 정합니다. 교통, 학군, 비용, 평수, 주변 환경 등의 조건 중에서 어떤 조건을 가장 중요하게 고려하여 결정할 것인가를 고민하죠. 원하는 조건을 다 만족시킬 수 있는 집은 없기 때문에 우선순위를 정한 후, 무엇을 우선으로 고려할 것인지를 결정해야 합니다. 그게 똑똑한 결정입니다.

아이러니하게도 바쁜 하루를 사는 오늘의 우리가 글 쓰는 일상을 시작하기 위해 필요한 건 우선순위 가 아닌, '미룰 순위'입니다. 어차피 글쓰기가 우선순위이기는 어렵습니다. 안 쓴다고 무슨 일이 일어날 리 없는, 아무리 봐도 특

이한 일감입니다. 그래서 여러 일과 중 우선순위가 되는 일이 좀체 없습니다. 그래서 나름의 요령을 부리라는 제안을 하고 싶습니다. 하나만 살짝 빼는 거예요. 여느 때 같았으면 오늘 안에 끝냈을 일 중 미뤄 두어도 그 피해가 최소일 것으로 추정되는 일과를 하나 고르고 그것 대신 글을 쓰는 거죠. 그중 가장 만만한 게 툭하면 설거지고요, 세차, 은행 업무, 책장 정리, 다 읽은 책 정리, 신발장 정리, 안부 전화, 냉장고 청소 등이 있습니다. 오늘 하면 참 좋겠지만 오늘이 아니어도 괜찮은 일, 갑자기 몸이 아프다면 안 했을 것이 분명한 일과 하나를 골라 그거 하나만 다음으로 미루고 그 시간에 글을 쓰면 좋겠어요. 그 일은 내일이 됐든 모레가 됐든 기회 닿을 때 또 하게 될 것이고, 그렇게 바꾼 덕분에 오늘의 글이 남을 겁니다. 무작정 미루기만 하면 안 되고, 미룬 대신 글을 한 편 쓰자는 말입니다.

그렇다면 오늘, 뭘 미루고 글을 써볼까요?

오늘의 글쓰기 과제는요

오늘 하기로 했던 일을 하나 미루고 글을 쓰겠습니다. 드라마, 커피처럼 달콤한 것 중 골라도 좋고, 설거지처럼 귀찮은 것 중 골라도 좋습니다. 30분 남짓 걸리는 한 가지를 골라 오늘은 미룹시다. 하지 맙시다. 해도 그만, 안 해도 그만인 거 깔끔하게 포기하고 오늘은 글을 씁시다.

그래서 오늘의 글쓰기 과제는요, 안타깝게도 오늘 나의 선택을 받지 못한, 미루게 된 그 일에 대해 상세히 적어봅시다. 어떤 종류의 일이며 왜 오늘 하려고 했었는지, 그런데 어쩌다 글쓰기에 밀리게 되었는지 말이죠.

그래서 오늘의 첫 문장은요

사실 오늘 하려던 일이 있었다. 미뤄뒀던 여름옷 정리다. 매년 하면서도 어쩜 이렇게 한결같이 낯설고 싫은지 선선한 바람 부는 게 반갑지 않을 정도다.

10강 ———— 영감을 기다리지 마세요

영감이 찾아오기를 기다리고만 있을 수는 없다.
몽둥이를 들고 영감을 찾아 나서야 한다.
– 잭 런던

글을 쓰고 싶다면, 몽둥이를 들고 영감을 찾아 나섭시다.

왜 이렇게 쓸 거리가 없지? 왜 머릿속에 떠오르는 게 없을까? 덧없는 고민은 그만두고, 몽둥이를 들고 씩씩하고 바쁜 걸음으로 영감을 찾아 나서봅시다.

도대체 어디 있는 건지 왜 내 눈에 보이지 않는 건지 잘 모르겠지만 컴퓨터를 켜고 파일을 열거나 작년에 읽던 책을 다시 뒤적이며 뭐라도 찾아 나섭시다. 혹시 압니까, 찾아 나서자마자 바로 옆에 있던 책의 57쪽 둘째 줄에서 오늘의 영감이 툭 하고 떨어질지.

또 이렇게 매일 찾아 나서는 날 중 어느 하루쯤은 영감이라는 놈이 찾아 나서기도 전에 책상 앞에 앉아 기다리고 있을지도 모르죠. 매일이 한결같이 힘들기만 하다면 저 역시 지금껏 쓰는 사람으로 남기 어려웠을 거예요. 때로 묻어가고, 얹혀가는 일들이 있는 것처럼 글쓰기에도 가끔은 그런 요행이 찾아옵니다만 요행을 바라기 위해서라도 되도록 매일 몽둥이를 들고 영감이라는 놈을 찾아 나서야 합니다.

영감이 오든 오지 않든

글이 술술 잘 써지는 날도 있지만 유난히 막히는 날도 있어요. 대체로 그런 날이 더 많죠. 도대체 무슨 얘기를 쓰고 있는지도 모르겠고 쓰다가 자꾸 지우게 되고 다 쓴 글은 도무지 엉망인데 다른 얘기로 옮겨보려니 쓸 만한 소재도 딱히 떠오르지 않고 그렇습니다.

그런 날이 있습니다.

어쩌면 잘 써지는 날이 훨씬 더 드물게 찾아옵니다. 대부분 잘 안 되고 생각이 나지 않고 신통치 않습니다. '영감'이 떠오르지 않는 거지요. 글을 쓰기 시작하던 즈음에는 영감이 없으면 못 쓰는 건 줄 알았어요. 그분이 오지 않으면 모든 것이 정지된 거라 여기고 오실 때까지 괜한 연예 뉴스를 검색하며 시간을 흘려버렸죠. 그러다 우연히 오시면 쓰는 거고, 끝내 안 오시면 아쉽지만 그날의 글쓰기는 허탕인 날들이었어요.

지나고 보니 핑계였습니다. 영감과 글쓰기는 그다지 상관이 없어요. 영감은 글쓰기를 위한 필수요소가 아니에요. 영감님이 찾아와주시면 글을 좀 더 쉽게 쓰거나 빠르게 마무리할 수 있을지 몰라요. 하지만 그렇지 않다 하더라도 글을 못 쓰는 일은 없어요. 영감님께서 찾아와주시지 않는다는 핑계를 대며 오늘의 글쓰기를 건너뛰려 했다면 저처럼 괜한 핑계를 대고 있는 거예요. 영감이 떠오르지 않는다는 말도 안 되는 핑계를 대느라 바빴던 시간 동안 한 줄이라도 썼다면 얼마나 좋았을까, 저는 요즘 뒤늦은 후회를 하고 있답니다.

영감이 찾아오길 기다리고 있지 마세요. 영감이 내 책상에 와 기다리고 있지 않아도 노트북을 켜고, 다이어리를 펼쳐야 합니다. 영감과 상관없이 오늘의 계획한 시간과 분량만큼 그저 쓰는 것입니다. 도저히 오지 않던 영감님이, 쓰기를 시작하는 때에 오는 경우가 훨씬 많습니다. 그건 우리가 몽둥이를 들고 적극적으로 영감을 찾아 나선 덕분이에요.

수고했다며, 잘하고 있다며 이렇게 우리를 찾아와줍니다.

생각하고 쓰지 말고, 쓰면서 생각하라고 하죠.

일단 쓰기 시작하면서 영감이 오기를 기다립시다.

쓰는 글 안에서 영감이라는 놈을 기가 막히게 우연히 마주쳐봅시다.

조금 더 신속하게

글을 쓰면서 하루에도 몇 번씩 실감하는 건, 내 일상에서 글쓰기보다 좋은 일이 없는 건 사실이지만 이보다 골치 아프고 곤란한 일도 없다는 아이러니입니다. 골치 아픈 이유는 다양합니다. 딱히 떠오르는 대단한 글감이 없거나 미치도록 쓰기 싫은 마음이 들거나 도대체 무엇을 위해 내가 이것을 이렇게 열심히 쓰고 있는지 모르겠는 거죠. 이런 느낌으로 곤란하다면, 일단은 신속하게 연필을 움직이세요. 옆에서 내 모습을 지켜보는 누군가가 '저 사람은 지금 엄청난 영감이 떠올랐군.' 착각할 만큼 아주 신속하게 손을 움직여보세요.

사람의 몸과 마음은 긴밀하게 연결되어 있어요. 그래서

건강한 육체에 건강한 정신이 깃든다고 하고, 마음의 병을 얻은 사람이 몸을 움직이는 일상을 통해 회복하기도 하죠. 저는 몸과 마음이 연결되어 있다는 걸 글을 쓰면서 깨달았어요. 도저히 열리지 않는 마음으로 억지로 글을 쓰기 시작했지만 손가락을 서서히 움직이기 시작하면서 마음이 달라지더라고요. 되도 않는 문장을 꾸역꾸역 채우고 있을 뿐이었는데, 더 좋은 문장, 더 재미있는 글감이 하나둘 떠오르기 시작하는 거예요. 마음이 열리지 않는다는 이유로 드러누워 낮잠을 청했다면 결코 떠오르지 않았을 전에 없던 발상이 신기하게도 종이 위의 문장 안에서 하나둘 또렷하게 드러났습니다. 손가락을 움직여 쓰지 않았다면 결코 일어나지 않았을 일이라 장담합니다.

신속하게 쓰다 보면 이내 알게 되겠지만 내용이 아주 엉망진창일 겁니다. 뭐 이런 글을 썼나 싶을 거예요. 도대체 내가 무슨 얘기를 하고 싶은 건가, 자괴감이 들 거예요. 초고를 쓸 때는 쓴 사람도 알 수가 없어요. 의식의 흐름대로 신속하게 써내려 갔다면 더욱 그럴 거예요. 걱정하거나 자책할 필요가 전혀 없어요. 글은 엉망인 초고에서 시작되니까요. 어떤 좋은 글도 엉망인 초고 없이는 결코 세상 빛을 볼 수 없어요. 초고를 완성하고도 내가 무슨 말을 하려는지

몰라 당황하던 작가들은 초안을 퇴고하는 과정에서 비로소
자기가 무엇을 쓴 건지 깨닫게 됩니다.

우리가 일상에서 흔히 접하는 글인 책, 기사, 신문, 칼럼,
서평 등의 전문적인 글은 모두 엉망인 초안에서 시작되었
고, 저자 본인과 여러 사람의 손을 차례로 거치며 되도록 매
끄럽고 분명하게 다듬어진 최종 결과물일 뿐입니다. (참고
로 저 역시 지금 이 책의 원고를 여섯 번째 다듬는 중입니다. 앞으
로 얼마나 더 어떻게 다듬어질지 궁금해집니다.)

하나의 작품을 완성하는 데 중요한 것은
'정말 엉망진창인 초안'을 써보도록
자신에게 허락하는 것이에요.
정말 엉망인 초안을 써보면 두 번째 안은 더 좋아지고
세 번째는 더 훌륭한 작품이 나올 확률이 높아지죠.
다 쓰고 나서야 자기가 무엇을 쓴 건지 깨닫는 작가들이
대부분이에요.
– 앤 라모트, 《쓰기의 감각》 웅진 지식하우스

작가의 벽

'작가의 벽'이라는 말, 들어보셨나요?

처음 듣는 말인데 듣자마자 느낌이 팍 옵니다. 이거구나, 내가 느꼈던 막막한 심정, 도저히 더 쓰지 못할 것 같은 절망스러운 느낌. 하루 이틀이 아니라 제법 오래 지속되는 긴 기간의 한 자도 더 이상 쓰지 못할 것 같은 무력감.

맞습니다, 이게 작가의 벽입니다. 글을 쓰는 사람이라면 누구나 이 벽을 만납니다.

이제 막 글을 쓰기 시작한 사람이든 수년간 써온 사람이든 벽처럼 거대하고 두꺼운 어떤 것이 오늘의 내 글쓰기를 가로막고 있다는 생각이 듭니다.

물론 저도 벽을 제대로 만나보았습니다. 갑자기 나타나더군요. 노트북을 쳐다보는 것도 겁이 나고, 요즘은 글을 안 쓰냐는 질문이 부담스럽고, '쓰긴 써야 하는데' 생각하면서도 결코 쓰지 않고, 그러면서도 숙제 안 한 초등학생처럼 밤잠이 개운치 않은 두꺼운 벽이었습니다. 아무도 제게 언제까지 글을 써달라고 부탁한 적이 없던 시절이었기 때문에 그저 혼자 앓다 말면 전부였지만, 그 사실이 더 벽을 두껍게 만들었습니다.

쓰지 못해 마음은 사정없이 괴로웠지만 대조적으로 제 몸이 처한 현실은 여유로웠습니다. 새벽마다 일어나 노트북과 씨름하던 일과를 제하고 나니 아침 공기가 신선하게 스몄고, 아침 밥상은 좀 더 보기 좋아지더라고요. 이대로 쓰는 일을 그만두는 게 좋겠다는 마음이 매일 몇 번씩 들었습니다. 앞서 말씀드렸듯이 글쓰기를 시작하는 건 어렵지만 중단하기는 세상 쉽습니다.

그런 벽을 몇 번씩 넘어 결국 어찌어찌하여 이곳까지 왔습니다. 벽이라는 놈이 참 신기한 게 저를 찾아오는 간격이 점점 뜸합니다. 요즘 들어는 통 오지를 않고, 제 기억이 맞다면 적어도 지난 1년 동안은 소식이 끊겼습니다. 벽이 왔나, 싶은 마음이 설핏 드는 날에도 키보드를 두드렸고 정한 분량을 써낸 덕분이겠지요. 독감 주사를 맞으면 독감에 걸리더라도 덜 아프고 수월하게 넘긴다고 하더라고요. 지난 몇 해 동안 툭하면 만나왔던 작가의 벽들 덕분에 어쩌면 왔다 갔을지도 모르는 최근의 벽은 온 줄도 모르게 지나간 것 같습니다.

글을 쓰기 시작했다면 언제든 작가의 벽을 만나게 될 거예요. 벽을 만난다면 쿨하게 벽의 존재를 인정하세요. 넘을까, 포기할까를 고민하지 마세요. 넘긴 넘을 건데 어떤 식으로 넘을지만 고민하세요. 올 테면 와보라는 심정으로 담담히 그 시간을 넘기세요. 그리고 계속 쓰세요.

세상에 책을 한 권 써낸 저자는 무수히 많다고 하죠. 그런데 이후의 책으로 이어지기가 쉽지 않다고 합니다. 이미 글을 써오던 사람들도 출간 이후에 만난 작가의 벽 앞에 쉽게 무너지고 만다는 의미입니다. 그들도 그런데, 우리라고 뾰족한 수가 있겠습니까. 그저 매일 한 줄이라도 쓰며 근근이 버텨보는 거지요.

오늘의 글쓰기 과제는요

글이 막힐 땐 도저히 막힐 수 없는 글감을 선택하는 게 최고의 방법입니다. 초등학생들이 일기 쓰기 싫을 때 주로 쓰는 똑똑한 방법 있잖아요. '나는 오늘 7시에 일어나서 아침밥을 먹고 책가방을 메고 실내화 가방을 들고 학교로 출발했다. 1교시는 수학이었는데 어려웠고, 2교시는 체육이라서 재미있었다.' 이렇게 쓰기 시작하면 숨도 안 쉬고 최소 한 쪽입니다. 도대체 막힘이 없습니다. 더 좋은 글감을 쥐어짜는 것도 유의미한 경험이지만, 알맹이 없이 그저 나열할 수 있는 만만한 글감을 낚아 줄줄 풀어내는 것도 영리한 방법입니다.

그래서 오늘의 첫 문장은요

나는 오늘 무려 아침 6시에 일어나 머리를 감았다. 사흘 만에 감았더니 표현 못할 만큼 상쾌하다.

11강 ——————— 쓸 수 있는
몸과 마음 유지하기

> 좋은 작가가 되려면 절대적으로 맑은 정신으로 글을 써야 한다.
> 건강 상태도 좋아야 한다.
> – 가브리엘 가르시아 마르케스

오후의 글쓰기.

이 책의 제목을《오후의 글쓰기》라고 지은 건 '오후'라는
시간이 주는 편안한 느낌 때문이었어요. 이미 부담 백배인
글쓰기라는 주제에 살짝 힘을 빼보고 싶었습니다. 비교해
서 설명하자면 '새벽의 글쓰기', '아침 글쓰기', '저녁의 글쓰
기'가 있는데, 이것들이 주는 힘이 잔뜩 들어간 느낌이 부담
스러웠어요.

오후에는 아침과 달리 졸린 눈을 억지로 뜨면서 몸을 일
으킬 필요가 없고, 종일 직장에서 지친 몸을 달래거나 쏟아
지는 잠을 원망할 필요도 없습니다. 오후는 내가 마음만 먹

는다면 머무는 그곳에서 30분 정도의 짬을 내볼 수 있는 융통성이 허용된 하루 중 유일한 시간입니다.

그러니까, 글을 반드시 오후에 쓰라는 게 아니고, 덜 치열하고 힘이 덜 들어간 오후의 적당히 힘 빠진 느낌의 글쓰기를 지속하라는 의미를 담은 제목입니다. 언제가 되었든 하루 중 가장 내 몸과 마음이 덜 치열한 시간에 되도록 편안한 마음으로 몇 줄 써보았으면 좋겠다는 바람도 담았고요.

그런데 지금부터는 글쓰기를 위해 아침 시간을 이용해보라고 권하려 합니다. 어느 때 써도 상관없지만, 아침 시간이 특히 글쓰기에 매력적인 이유를 하나씩 풀어볼게요.

실제로 많은 작가가 아침 시간을 이용해 글을 씁니다. 드라마는 옆에서 누가 떠들며 방해를 해도 집중해서 보고 대사를 들을 수 있지만 글쓰기는 그렇지 않아요. 글쓰기를 시작하는 단계에서는 더욱 그러한데, 어느 정도 안정되고 조용한 시간과 공간이 확보되어야 비로소 글이 나오기 시작하는 경우가 많아요.

아침 시간은 그래서 매력적입니다.

혼자 살고 있다면 언제든 방해받지 않는 글쓰기가 가능하겠지만 가족과 함께 지내면서는 혼자만의 시간과 공간을 확보하는 일이 여간 어려운 일이 아닙니다. 이 책을 읽는 분 중에 글쓰기만으로 생계를 유지하는 전업 작가가 계실 리는 없을 테고, 글쓰기가 아직은 부업과 취미와 특기 중 어디즈음을 방황하는 중인 우리는 오늘도 학교와 직장으로 바쁜 아침을 재촉해야 합니다.

그런데 어떻게 아침 시간을 이용하라는 걸까요?

30분 먼저 일어나세요

원래 기상해야 하는 시간에서 딱 30분만 먼저 일어나세요. 여러 가지 시도를 해봤는데, 한 시간은 무리입니다. 한 시간 일찍 일어나는 일이 불가능한 건 아닌데, 지속하기 어렵습니다. 30분이 딱이에요. 매일 7시쯤 일어나 준비하고 출발하는 아침이었다면 그 시간을 30분만 당기세요. 물론 이 시간에 다른 가족들은 아직 일어나지 않기를 간절히 바라며.

아무도 깨어 있지 않은 이 희소한 시간에 괜히 씻고 옷 갈아입느라 자는 가족들 깨우지 마세요, 알람 소리를 듣고 눈을 떴다면 기계처럼 바로 몸을 일으켜 책상에 앉으세요.

그러기 위해서는 전날 잠들기 전에 글 쓸 준비를 어느 정도 해두는 것이 좋습니다. 식탁에서 쓰겠다는 계획이라면 노트북을 식탁 위에 올려두고 자는 거예요. 다이어리와 부드러운 펜을 올려두는 것도 방법입니다. 캄캄한 방 안을 뒤져 도구를 찾는 것부터 시작하려면 포기할 확률이 그만큼 높아지기 때문이에요.

지체 말고 곧장 시작하세요. 10분쯤 쓰다 보면 목이 마르고 소변이 마려울 거예요. 빠른 속도로 다녀오세요. 혹은 컴퓨터를 켜놓고 부팅되는 동안 잠시 두 가지를 해결하고 와도 좋습니다. 이것을 제외한 다른 어떤 동작도 글쓰기 사이에 끼우지 마세요.

간밤에 별일은 없었는지, 밤새 미국 주식 시장은 어떤 분위기였는지 검색하고 싶어질 수 있으니 스마트폰은 베개옆에 묻어두고 몸만 일으켜 책상에 앉으세요. 마땅한 책상이 없다면 식탁도 좋습니다. 식탁이 없다면 밥상도 훌륭하고요.

서둘러 쓰기 시작하세요. 물 마시다 말고 커피를 내리거나 소변 보러 들른 화장실에서 턱에 난 여드름을 짜지 마세요. 굳이 거울을 보거나 머리를 다시 묶을 필요도 없습니다. 30분간은 오직 글만 쓰세요. 쓰다 보면 생각보다 훨씬 빠르게 시간이 지나갈 거예요. 어쩌면 몇 자 못 썼을 수도 있고, 겨우 한 줄밖에 못 썼을 수도 있지만 괜찮습니다. 쓰는 속도는 쓴 만큼 정확하게 비례하여 늘어날 테니 아직 느린 속도는 아무 문제도 아닙니다.

어영부영 키보드 위에 손을 얹고 30분을 보내는 데 성공했다면 당당하고 뿌듯한 마음으로 하루를 시작하십시오. 스마트폰을 보며 여유를 부리고, 커피를 내리고, 로션을 듬뿍 바르고, 밥을 지으세요. 매일 반복하던 아침의 모습을 그대로 이어가세요. 마치 조금 전에 글을 쓰던 나는 내가 아니었다는 듯 시치미를 뚝 떼고 평범한 하루를 시작하세요.

글로 시작하는 묘한 느낌의 하루

겨우 30분 일찍 일어나 몇 줄 쓴 것뿐인데 좀 달라졌을 거예요.

장담컨대, 글을 쓰기 이전과는 무언가 좀 다르고 활기찬 에너지를 느꼈을 거예요. 출근하고 일하고 밥 먹고 일하고 퇴근하고. 어제와 똑같은 하루인데 내 마음은 어제와 같지 않습니다. 샤워하고 머리를 감으면서도, 업무를 하거나 집안을 돌보면서도 어제와 다른 기분이 들 거예요. 겨우 30분 먼저 일어나 식탁에 앉아 몇 줄 쓴 것만으로 이렇게 기분이 달라질 수 있다니, 더구나 이건 공짜라고요!

추운 새벽공기를 뚫고 집 밖을 나가야 하는 것도 아니고, 헬스장에 가기 위해 새삼스레 나이키 운동복을 새로 살 필요도 없어요. 영어학원에 들렀다 출근하기 위해 무거운 몸을 이끌고 빈속으로 차가운 공기를 가를 필요도 없고요. 이불 밖으로 30분만 먼저 나와 손을 움직이면 어떤 위대한 일이 오늘부터 시작되는 겁니다.

그렇게 하루를 시작하고 나면 아침에 끄적인 글이 종일 내 곁을 맴돌기도 할 거예요. 잘 쓰지 못한 것 같긴 하지만 꼭 그렇게 나쁜 것만은 아닌 것 같고 어떻게 문장을 마무리했었는지 정확히 기억나진 않지만 제법 잘 쓴 것도 같고 내일 아침이 되어 이어갈 이야기도 솔솔 떠오를 거예요. 지금의 그 묘한 느낌을 온몸과 마음으로 즐기세요.

짧게나마 글을 쓴 뒤 시작하는 하루의 상쾌한 기분을 몇 번 경험해보면 그때부터는 몸이 벌떡 일어나질 거예요. 내가 쓴 글이 쌓여가고, 원고들이 차곡차곡 늘어나는 모습을 보면 어느 순간부터 새벽에 눈이 번쩍 떠질 거예요. 의지박약이라 안 될 것 같다고요? 되는지 안 되는지 어디 한 번 해봅시다. 제 말이 틀리지 않았다는 걸 알게 될 거예요.

글을 쓰기 시작하면 의도하지 않아도 어느 순간 서서히 하루가 단순해지고 또렷해지고 활기가 도는 것을 느끼게 될 거예요. 쓰기 싫어 미칠 것 같은데 억지로 썼던 어린 시절의 일기와는 다른 어른의 글쓰기를 시작했기 때문입니다. 어린 시절의 일기 쓰기가 내 일상의 한 부분에 그쳤다면 어른의 글쓰기는 조금씩 더 또렷한 존재감으로 내 일상을 보다 개운하고 기분 좋게 바꿔줄 겁니다. 그게 어른의 글쓰기의 보석 같은 매력입니다.

다음 날 아침, 보란 듯이 실패했을 수 있어요. 괜찮아요. 어제 쓴 글이 남아 있거든요. 다음 날이어도 괜찮습니다, 일주일 후여도 좋아요. 지난번에 쓴 글이 어딘가에 남아 있고, 언제든 내가 열어볼 수 있다면 그걸로 충분해요. 이미 난 뭔가를 향한 시작을 한 거예요. 꾸준하지 못함을 너무 자책하지 마세요. 처음부터 잘될 것 같았으면 지금까지 왜 그렇게 무수한 실패를 했겠어요. 실패한 그 날부터 다시 하루씩 탑을 쌓아가면 그뿐입니다.

그래서 우리는 글을 씁니다.

'잘했어'라고 내가 나에게 칭찬할 만한 일을 만들기 위해서 글을 쓰면 됩니다. 전에 하지 않았던 새로운 일을 하기로 결심하고 결심한 대로 실천하고 난 후의 성취감은 우리 일상의 중심을 잡아주는 핵심적인 감정이에요. 잘해서가 아니라, 하기로 했던 대로 실천했다는 게 대단한 거예요. 실천은 했으나 결과물이 엉망일 수 있어요. 뭐, 어때요. 내일 아침에 일어나 슬쩍 고쳐버리면 되니 대수롭지 않습니다.

쓸 수 있는 상태 유지하기

만약 글쓰기가 고작 나 자신을 표현하는
행위라고 생각했다면
나는 타자기를 내다 버렸을 것이다.
글을 쓴다는 것은 그보다 훨씬 복잡한 행위다.
작가는 마치 운동선수처럼 매일매일 훈련을 해야 한다.
좋은 상태를 유지하기 위해 나는 오늘 무엇을 했던가?
- 수전 손택

저는 글을 쓰기 위해 매일 운동을 합니다.

제 소원은 칠순 잔치를 성대하게 치르고, 다음 날 아침 일어나 늘 하던 대로 키보드를 두드리는 것입니다. 그래서

40대에 접어든 지금, 매일 운동으로 몸을 단련합니다. 칠순에도 한결같이 쓰기 위해서는 두통, 요통, 치통 등의 기본적인 통증이 없어야 하고 암, 치매, 중풍 등의 질병도 경계해야 합니다. 청력은 조금 둔해져도 괜찮지만, 시력은 아껴야 합니다. 터널 증후군도 조심해야 하고, 목과 허리의 디스크도 예방해야 합니다. 그래서 매일 꼬박 한 시간 이상 운동을 하며 종합 비타민, 루테인, 유산균, 오메가 3, 홍삼, 녹용을 챙겨 먹습니다. 내 일을 정말로 사랑하게 되면 그 일을 지속하고 싶은 마음에 몸을 아끼고 싶어진다는 걸 마흔 넘어서야 알았습니다.

또 한 가지, 글을 계속 쓰기 위해 의지적으로 마음을 다스리는 노력을 합니다. 유난히 속이 시끄러운 날에는 한 자도 제대로 쓰기 어렵습니다. 계약금을 미리 받고 마감하기로 약속한 날까지 원고를 넘겨야 하는 강제적인 글쓰기를 하는 건 어찌 보면 축복입니다. 아무리 속이 시끄러워도 의자를 당겨 완성해내야 한다는 의미거든요. (그게 얼마나 다행이고 또 잔인한 일인지 모릅니다만.) 어차피 그래야 하는 사람이 되었다면 마음을 바꾸기로 했습니다. 속이 아무리 시끄러워도 앉아서 써야 하고 분량을 채워야 한다면 웬만한 일

에는 속이 시끄러워지는 일이 없도록 내 속을 먼저 다스리
자, 시끄러운 속을 애써 조용히 시킬 일을 애초에 덜 만들자
는 정도의 느낌이랄까요.

　내 글을 읽어주는 이가 없어지고, 내 글을 책으로 엮어
보겠다고 나서는 출판사가 없어져 글을 중단하는 일은 있
을 수 있다고 생각합니다만 (물론 그런 일이 생기지 않기를 간
절히 바라지만요.) 칠순 잔치를 치르기도 전에 몸이 아프거나
마음이 힘들어 어쩔 수 없이 글을 중단해야만 하는 일이 일
어나지 않도록 몸과 마음을 꾸준히 단련하는 일은 오롯이
저의 몫입니다. 사소한 교통사고에도 몸과 마음을 뺏기고
싶지 않아 핸들을 잡을 땐 순한 양이 되고, 길을 건널 땐 두
세 번씩 확인하는 게 일상입니다. 감기 기운이 아주 살짝만
돌아도 초기 감기약과 꿀물을 들이켠 채 이불을 머리끝까
지 뒤집어쓰고, 3개월에 한 번씩은 치과 검진을 받습니다.
적어도 한 시간에 한 번씩은 온몸을 스트레칭 해주고, 물은
미지근하게 마시고, 계단이 있다면 엘리베이터는 되도록
타지 않습니다.
　이런 저를 보며 가족들은 몸 좀 그만 챙기라고 놀리지만
쓸 수 있는 상태를 유지하는 것이 그 어느 것보다 중요하기

에 아랑곳하지 않고 유난스럽게 몸을 챙깁니다. 칠순에도 여전히 글을 쓰고 있다면 이 책을 꼭 다시 열어보며 유난스러웠던 지난날을 돌아볼 작정입니다.

오늘의 글쓰기 과제는요

글쓰기 말고, 우리가 일상에서 습관처럼 매일 반복하는 일들이 몇 가지 있을 거예요. 저에게는 화분에 물 주기, 홍삼 챙겨 먹기, 커피 한 잔, 저녁 달리기가 그것입니다.

이 중 한 가지를 골라 매일 하는 그 일에 대해 써봅시다. 왜 하는지, 언제 하는지, 언제부터 했는지, 언제까지 할 건지, 안 하면 어떻게 되는지, 못 한 날은 어떤 기분이 드는지 등에 대해 자세히 설명할수록 좋습니다.

특별히 떠오르는 습관이 없다면 앞으로 만들고 싶은 습관 한 가지를 정해 계획하는 글을 써보는 것도 재미있어요.

 그래서 오늘의 첫 문장은요

내가 매일 하는 일 중 최고는 아침 홍삼 챙겨 먹기다. 신기하게도 떨어질 만하면 홍삼을 선물 받는 일이 몇 개월째 이어지면서 홍삼 챙겨 먹기를 지속하고 있다.

12강 ——— 글은 어차피 차차 좋아집니다

> 괜찮아요, 무라카미 씨.
> 다들 원고료 받아가면서 차차 좋아집니다.
> – 무라카미 하루키

세계적으로 수많은 팬을 거느린 작가 무라카미 하루키가 '괜찮아요, 무라카미 씨. 다들 원고료 받아가면서 차차 좋아집니다'라는 말을 듣던 시절이 있었다는 건 제게 엄청난 위로였습니다. 그와 같은 사람들은 날 때부터 잘 쓰는 줄 알았거든요. '도대체 내 글은 언제 좋아지고, 내 글은 누가 찾아줄까'가 나만의 고민이 아니었음을 알게 된 지점에서 낮은 한숨을 뱉었습니다. '그도 원고료 받아가며 차차 좋아진 거겠구나. 다들 그런 거구나. 나만 부끄러운 글 나부랭이를 쓰고 있었던 건 아니구나.'

아마 지금의 저를 보면서 누군가는 그런 비슷한 생각을

할지도 모르겠습니다. 저 여자는 원래부터 글을 잘 썼거나 젊은 시절부터 계속 글을 썼을 거야, 라고 말이죠. 천만에요. 저 역시 원고료 받아가면서 차차 좋아지는 중인데, 그 얘기 한번 들어보실래요?

돈이라는 위로

처음으로 책을 내기로 하고 계약서에 서명을 하니 계약금이란 것이 입금되었어요. 대학 졸업하고 줄곧 공무원으로 지낸 탓에 계약서에 서명하는 것조차도 모두 첫 경험이었습니다. 계약금이라는 단어도 생소했고, 월급이 아닌 돈이 입금되는 과정도 한없이 신기했어요. 그렇게 바라던 중학교 입학을 앞두고 긴장하며 교복 맞추고 공책 사러 다니는 아이가 된 느낌이었어요.

무려 100만 원이라니. (세금을 제하고 정확히 967,000원)

글을 썼는데 돈이 생겼어요. 글이 돈으로 바뀌는 상황을 처음 겪어보니 표현하기 어려운 마음이 들었어요. 내가 쓴 글이 책이 될 수 있다면 돈을 받지 못해도 상관없어, 라고 욕심 없는 척을 했지만 막상 입금된 돈을 확인하니 지붕으로 둥실 떠오르는 기분이었습니다.

100만 원.

매달 월급으로 그보다 더 많은 돈을 받아봤지만 글이 돈으로 환산되는 과정은 꼬박꼬박 입금되던 월급과는 완전히 다른 느낌이었어요. 그러더니 책이 팔렸다면서 또 찔끔 돈이 들어왔어요. 인세라는 것이 책의 정가에 비하면 얼마 되지 않는 비율이고, 간신히 턱걸이로 출간하게 된 어느 이름 없는 저자의 첫 책은 여간해서는 잘 팔리지도 않았기 때문에 인세는 정말 얼마 되지 않았어요. 그래도 천 권 단위로 정산이 되니 잊을 만하면 한 번씩 백만 원이 넘는 돈을 받게 되었죠. 출판사의 정산 시스템이 제각각이고 책의 판매 추이에 따라 추가 인쇄 분량도 다르고 계약한 인세도 8퍼센트부터 10퍼센트까지 제각각이라 들어오는 돈은 몇 년간 들쑥날쑥했어요. 불쑥 입금된 것까지는 반갑고 고마운 일이었지만 이 돈을 염두에 두고 무언가를 계획하기엔 턱없이 부족하면서도 비정기적이었어요. 글이 부족하니 당연한 일이었죠.

하지만 돈 들어올 구석이 전혀 없는 공무원 신분이었기에 이렇게 입금되는 얼마 되지 않는 돈이 제게는 꿀처럼 달았습니다. 아이의 치료로 인해 어쩔 수 없이 오랜 휴직 중이었기에 더욱 달콤하고 귀했습니다. 그 돈으로 처음으로 남편에게 30만 원짜리 시계를 선물할 수 있었고, 사이판 한 달 살기에 도전할 용기도 내보았어요.

글을 쓴 덕분에 하고 싶었던 일을 할 수 있게 되자 구체적인 목표가 생기기 시작했습니다. '더 열심히 써서 더 많이 벌어 보자. 책을 더 잘 써서 제대로 돈을 벌기 시작하면 아픈 아이 두고 출근하지 않아도 되겠구나, 외식하고 싶을 때 망설이지 않아도 되겠구나, 예쁜 옷을 보고 되돌아 나오지 않아도 되겠구나.'

목표를 분명히 했습니다. 당연한 일이겠지만 힘이 잔뜩 들어가니 자주 슬럼프가 왔어요. 그럴 때면 지금 쓰는 이 글로 얻게 될 (얼마가 될지 예상할 수 없는) 원고료를 떠올리며 문장을 다듬고 단어를 바꾸어 넣어보았습니다. 목표가 뚜렷해지자 속도가 붙었고, 매일 써내는 분량이 늘었습니다. 그러는 사이 자연스레 글은 나아지기 시작했고, 독자도 꾸준히 늘어나게 되었습니다.

글을 써서 무언가를 얻게 된 경험이 없었다면 굳이 그렇게까지 스스로를 채찍질하지 않았을 것 같아요. 글쓰기 자체에 대단한 즐거움을 느끼는 사람은 아니었으니 말이죠. 당시 제 어두운 상황에서 적어도 글이라면 나를 구원해줄 수 있을 것 같은 느낌에 정신을 끌어 모았습니다.

빚이 많던 시절, 그 어느 때보다 좋은 연기가 나왔었다는 배우 윤여정 씨의 말이 자주 생각납니다. 저는 여전히 빚이 많아서 그런지 그 어느 때보다 글이 참 좋습니다.

야망이 무엇입니까

실은 정말 많은 사람들이 궁금해하지만 어느 작가도 글을 써서 얼마를 벌었는지 얼마나 기뻤는지 또 그러는 동안 얼마나 글이 나아졌는지 구체적으로 말해주는 일은 드뭅니다. 그래서 글을 쓰기 시작하던 시절에는 검색창에 '작가 수입', '인세 수입', '책 써서 얼마 버나요?' 등의 검색어를 넣어보는 일이 잦았습니다. 알고 지내는 작가가 없었으니 물어볼 데가 없어, 애꿎은 검색창만 두드려댔지요.

책 쓰기 코칭을 하다 보면 수강생의 인생에 대한 얘기가 빠지기 어렵습니다. 책을 쓰기로 마음먹는 건, 옷을 사기로 했다거나 살을 빼기로 하는 것과는 다른 종류의 결심이거든요. 지난 인생과 앞으로의 인생을 두루 살펴보아 지금이 아니면 안 될 것 같은 절실한 마음과 힘들어도 도전해야겠다는 확고한 의지를 스스로 묻고 제대로 확인한 사람만이 책을 쓰고 싶다며 거금 백만 원을 들여 코칭 과정을 신청합니다. (백만 원이라는 코칭 비용은 나름의 의미가 있습니다. 출간 계약이 성사되면 받게 되는 선인세 개념의 계약금이 백만 원이거든요. 백만 원 들여 배워서, 백만 원을 벌게 되기를 바라는 간절한 주문 같은 금액입니다.) 그래서 힘들어도 보람됩니다.

코칭을 시작하는 첫날, 던지는 저만의 질문이 있습니다.

"어떤 야망이 있으세요?"

야망이라는 단어에 멈칫하더니 이내 지나온 인생과 앞으로의 인생 계획이 술술 꼬리를 물고 이어집니다. 아무도 묻지 않아 말할 기회가 없었을 뿐, 야망이 없었던 건 아니거든요. 생계 문제, 학업 문제, 역할 문제로 야망을 꺼내볼 기회가 없었을 뿐, 야망을 잊은 적은 한 번도 없었을 겁니다. 누구에게도 말해본 적 없었을 내 안의 진짜 꿈을 꺼내 말하고 나면 글을 쓰고 책을 써서 이루고 싶은 것들이 줄줄이 따라 나옵니다. 상대가 원하는 게 무엇인지 알아야 가장 적당한 것을 줄 수 있습니다. 그래서 야망을 나눈 우리는 가족에게도 해본 적 없는 원대한 꿈에 대한 이야기를 아무렇지 않게 나누는 사이가 됩니다.

그러는 사이, 수강생이 조금씩 변해가는 모습을 발견하

는 것이 또 코칭 과정의 매력입니다. "제가 책을 쓸 수 있을까요?"라고 주저하며 첫 통화를 하던 날의 자신 없던 말투에 점점 힘이 실립니다. 핵심을 찌르지 못하고 빙 돌던 문장이 매일 조금씩 더 명확해집니다. 지금의 일상도 충분히 감사하기 때문에 더 욕심을 부려선 안 돼, 라고 누르고 지내온 시간만큼 빠르게 변해갑니다. 물론 제 도움이 개입되긴 했지만 혼자 힘으로 출간 기획서를 써보고, 목차를 짜보고, 원고도 작성하는 성공의 경험들이 차곡차곡 쌓이면서 일어나는 자연스러운 과정입니다. 그러는 사이 글은 차차 좋아집니다. 글은 그런 것입니다.

우리, 그렇게 성공의 경험을 쌓아갑시다. 경험에는 관성이 있어요. 그러니 스스로에게 되는 경험을 심어줍시다.

어떻게든 되는 방법부터 찾고, 되게 하고, 앞으로 나아가게 하는 경험, 그 경험의 힘으로 글쓰기에 대한 본능적인 두려움을 이겨냈으면 합니다.

여러분의 야망은 무엇입니까?

🪶 **오늘의 글쓰기 과제는요**

아무에게도 말하지 않았던 내 속의 야망을 솔직하게 고백하는 글에 도전해봅시다. 절대, 죽을 때까지 아무도 볼 수 없으리라 생각되는 공책을 꺼내 하나씩 하나씩 야망을 불태워 보는 거예요.

제게도 아직 고백하지 못한 야망이 있으니, 죽기 전에 딱 한 권의 책이라도 좋으니 100쇄를 찍어보는 것입니다만. 현실은 10쇄 찍기도 부족하니 일단 이 책 먼저 조금이라도 더 잘 쓰기 위해 고치고 또 고쳐보도록 하겠습니다.

🪶 **오늘 저의 첫 문장은요**

내게는 아무에게도 말하지 않았던 야망이 있다. 이걸 듣는 사람은 나를 엄청난 속물이라고 평가할 것 같아 지금껏 입 밖에 내본 적이 없다.

> 매일매일 글쓰기를 하다 보면 어느 지점에서는 비행기가 이륙하듯이
> 일종의 도약이 일어나리라는 것을 알게 된다.
> – 제인 스마일리

저는 아팠었어요.

30대 중반, 사는 게 벅차고 힘에 겨워 헤매다가 대상포진이라는 낯선 병에 걸렸는데, 한 해에만 연거푸 세 번이나 걸렸어요. 처음 걸렸을 때 제대로 치료를 안 하고 출근과 육아를 병행하다 '섬유 근육통'이라는 후유증을 오래 앓았어요. 이 병은 만성 통증이라는 끔찍한 대표 증상이 있기 때문에 말 그대로 매일이 지옥이었어요.

몸만 아프면 견딜 수 있었을 텐데, 마음도 아팠어요. (어떤 것이 먼저였는지 정확히 구분하기 어려울 만큼 둘 다 안 좋던 시절이었습니다.)

이대로 그만 살아도 아무것도 아쉬울 게 없을 우울하고 힘든 일상이 3년 넘게 이어졌어요. 환장하겠더라고요. 나 하나 아픈 건 견디고 참으면 그만인데 아이들이 날씨 좋은 날 컴컴한 방을 차지하고 인상 쓰고 누워 있는 엄마에게서 뿜어져 나오는 어두운 공기를 견뎌야 한다는 사실이 참기 어려웠어요. 어른인데 어른이 아닌 것 같은 기분. 아픈 게 잘못은 아닌데 큰 잘못을 저지르고 있는 것 같은 기분. 이해하실지 모르겠어요. 죽을병에 걸린 것도 아니고 길바닥에 나앉게 생긴 것도 아닌데, 겨우 나 하나만 정신 차리고 힘을 내면 되는 건데 그걸 어쩌지 못해 모두를 힘들게 하고 있다는 사실이 낡은 솜이불처럼 무거웠습니다.

캄캄한 터널 같던 어려운 시간, 저를 구원한 건 다름 아닌 책이었어요.

온몸의 통증이 나아질 기미가 없어 잠시 일어나 앉아 있기도 벅찼기 때문에 누워서 할 수 있는 무언가를 찾아야 했어요. 그중 가장 떳떳한 일이 책이었어요. 누워 있는 것도 미안한데 매일 텔레비전을 끌어안고 지내는 건 더 견디기 힘들었거든요. 어차피 꼼짝 못하고 이렇게 누워서 지내야 한다면 누워서 책이라도 읽자. 책 읽는 모습이라도 보여주자. 그게 아이들에게 할 수 있는 최선이라 생각했어요.

그때 제가 어쩔 수 없이 집어 들었던 것이 책이 아니라 텔레비전이나 스마트폰이었다면 지금의 저는 다른 사람이 되었을 거예요.

읽지 않았다면 쓰지 않았을 거예요.

읽지 않았다면 쓸 수 없었을 거예요.

(책이 구원한 것이 또 하나 있었으니 불면증이었어요. 마땅한 활동 없이 주로 누워 지내다 보니 살은 오르고 잠은 오지 않더라고요. 그럴 땐 책만 한 약이 또 없습니다. 저는 왜 몇 장만 읽어도 잠이 솔솔 올까요?)

닥치는 대로 읽어보세요

온 집안의 책을 끌어다 읽고 나서는 동네 도서관을 뒤지기 시작했어요. 아픈 몸을 이끌고 간신히 기운 내서 간 거라 오래 머물기도, 자주 들르기도 어려웠어요. 최대한 짧은 시간에 많은 책을 대출해서 나오는 게 목표인, 007작전과도 같은 나름 전략적인 외출이었어요.

읽고 싶은 책을 미리 예약해두거나 메모해서 들고 갈 정신은 없었어요. 아이들 저녁밥 안 굶기고 김에 계란말이라도 해줄 수 있으면 다행이었으니까요. 대출한 책이 연체되기 직전에 하루 날을 잡아 걸어서 5분 거리의 (주차장도 좁은) 도서관에 굳이 차를 끌고 출발했어요. 닥치는 대로 마구 빌려 오려면 차가 꼭 필요했거든요.

도서관 입구에 도착하면 아이들을 어린이 열람실로 보내고 종합 열람실로 향했어요. 마트 갈 때 쓰던 장바구니에 읽을 책을 쓸어 담는 작전이었죠. 주욱 훑어보다가 제목에 잠시 흥미를 느끼면 대출할까, 말까를 고민하는 데 걸린 시간은 한 권당 대략 10초 정도였어요. 갈 때마다 스무 권 넘게 쓸어 담아 나오는 데에 10분이면 충분했으니 그렇게 대강 빌려온 책들의 절반도 넘게 실패였어요. (책 내용이 별로라는 게 아니라 제목을 보며 막연히 예상했던 내용이 아니었고, 관심 분야가 아니거나 제 수준에 너무 어려워 읽지 못한 책이라는 의미입니다.) 스무 권 중 몇 권은 건졌으면 다행이라는 마음으로 쓸어 담는 대출을 지속했어요. 뭐 이런 독서가 있는가, 이것도 독서라고 할 수 있는가 싶은 날들이 이어졌고 멍청하기 짝이 없는 대출과 반납의 생활이 결국 지금의 쓰는 저를 만들었습니다.

뭘 읽어야 할지 모르겠다면 한동안은 저처럼 닥치는 대로 읽어보는 건 어떨까요? 내가 무엇을 알고 싶은지, 어떤 작가의 글을 좋아하는지, 어떤 글을 읽을 때 흥미롭다고 느끼는지, 지독하게 싫은 책은 어떤 종류인지. 그래서 결국 내가 쓰고 싶은 글은 어떤 종류인지는 결국 읽어본 경험이 쌓여야 알 수 있습니다.

직접 한 권씩 손에 들고 읽어보기 전에는 결코 알 수 없는 일이지만 읽기 시작하기만 한다면 그간 모르고 지냈던 나의 독서 취향을 점점 더 분명히 알게 됩니다. 어떤 책을 읽을 때 즐거운지를 알아야 어떤 글을 쓰고 싶은지도 알 수 있습니다. 어떤 책이 술술 읽히는지 알아야 술술 읽히는 글을 쓸 수 있고요.

마음껏 편독하세요

우리, 어른 아닙니까. 좋아하는 책만 읽어도 충분히 칭찬받을 수 있어요. 잘 아는 사실이겠지만 어른이라는 사람들은 기본적으로 좀처럼 독서를 하지 않기 때문에 뭐라도 좀 읽는 내색만 하면 대번에 칭찬을 받습니다. 그래서 인스타그램에는 #북스타그램 #책스타그램 등의 해시태그를 단 책표지 사진이 넘쳐납니다. 독서가 큰 자랑인 시대입니다.

저도 책에서 멋진 문장을 발견했다든가 요즘 읽고 있는 책들을 공유하고 싶어지면 굳이 책 표지와 본문을 찍어 인스타그램에 게시합니다. 그래도 명색이 작가라는 사람이 맨날 예쁜 척하는 셀카만 찍어 올릴 수는 없지 않습니까. 이런 식으로라도 책 읽는 내색을 해야 마음이 좀 편해지는 걸 보니 독서가 큰 자랑인 시대인 것이 확실한가 봅니다.

독서를 시작하려 한다면 일단 마음껏 편독하세요.

옆 사람을 의식하지 말고, 정말 읽고 싶은 책, 내게 정말 재미있는 책, 드라마만큼이나 다음 이야기가 궁금해지는 책을 집어 드세요. 안 읽어도 아무도 뭐라 하지 않는데 굳이 읽기를 결심했다면 당최 진도가 안 나가는 관심 없고, 어렵고, 두꺼운 책 말고, '책도 재미가 조금 있구나' 싶어지는 책을 골라야 해요.

재미있는 분야의 책 혹은 마음에 드는 작가의 책을 발견했다면 한동안 그것만 주구장창 읽어보세요. 야한 소설만 구해 읽거나 돈 많이 버는 법만 닥치는 대로 읽거나 잡지만 읽어도 괜찮습니다. 그렇게 시작하지만 절대 거기서 끝나지 않을 거니까요. 자랑하기 위한 그럴 듯해 보이는 책도 좋고, 자랑하기 민망한 엉뚱한 책도 좋고, 마음껏 자랑해도 좋고, 꽁꽁 숨기며 자랑 따위 안 해도 그만입니다.

그저 지금, 뭐든 읽고 있으면 잘하는 겁니다.

읽으면 쓰게 되고, 더 읽으면 잘 쓰게 되거든요.

대놓고 흉내 내세요

글의 시작은 누군가의 글을 대놓고 모방하는 것에서 출발합니다. 본 것도 들은 것도 없던 사람이 자다가도 솟구쳐 오르는 영감을 토해내듯 써내는 건 다른 세계의 진기한 사연으로 생각하시기를요. 그런 사람은 거의 없습니다. 우리는 그런 사람이 아닙니다. 일단 뭐라도 읽고, 읽다가 재미있는 한 줄에 멈춰 히죽 웃고, 그러다 '나도 비슷하게 좀 써볼까' 하는 마음이 들어 이건 베낀 것도 아니고 창작한 것도 아닌 애매한 문장을 끄적이는 것으로 시작하는 게 보통입니다. 별로 근사한 방법은 아닐지 몰라도 확실한 방법이긴 합니다.

몸도 마음도 건강해졌고, 불면증은커녕 초저녁부터 잠이 쏟아지는 잘 자는 사람이 된 지금, 글 쓰고 강연하느라 일주일이 어찌 지나가는지 정신을 못 차리는 요즘의 저는 아프던 시절보다 더 열심히 더 많은 책을 읽습니다.

이유는 하나, 잘 쓰기 위해서. 피가 모자라 수혈을 받고 그 덕에 조심조심 건강을 유지하는 환자처럼 기를 쓰고 읽습니다. 그래야 쓸 수 있거든요. 내 머리에서 짜내는 글은 한계가 있기 때문에 독서라는 형태로 신선한 영감, 훌륭한 문장에의 노출을 지속하는 것입니다. 영어권에 가서 살다 보면 영어학원에 다니지 않아도 듣고 말하는 실력이 자연스레 느는 것처럼 좋은 문장으로 잘 정리된 글을 계속해서 읽다 보면 자연스레 내 문장도 달라지기 시작합니다. 살기 위해 먹고, 먹기 위해 사는 것처럼 읽기와 쓰기는 하나입니다. 읽다 보면 쓰게 되고, 쓰기 위해 또 읽습니다. 둘은 분명히 다른 행위인데, 어떤 게 먼저인지 가리기 어려울 만큼 따로 떼어서 생각하기 어렵습니다. 읽다 보면 누구나 결국 쓰게 되고, 쓰다 보면 누구나 또 읽고 싶어집니다.

너무 바빠서 책상에 앉아 글 쓸 틈을 얻지 못했던 하루가 끝나가려 한다면 잠자리에 누워 책 한 쪽을 읽기로 약속합시다. 침대 주변에 항상 책 몇 권이 널브러져 있어야 가능한 일입니다. 집안 여기저기에 책을 깔아두세요. 뭐라도 잡히는 대로 한 쪽이라도 읽고 나서 유튜브나 넷플릭스의 바다로 뛰어들 수 있게 말이죠.

그래서 오늘, 어떤 책을 읽을 건가요?

오늘의 글쓰기 과제는요

오늘의 과제는 쓰기가 아닌, 읽기입니다.

매일 쓰던 사람이 읽으면 정말 쉽게 느껴집니다. 독서 습관도 결코 만만한 일은 아니지만 매일의 글쓰기에 비하면 구구단 외우기처럼 만만한 일이거든요. 매일 글쓰기 덕분에 독서가 가장 만만하게 느껴지는 아이러니한 상황.

자, 그럼 오늘은 어떤 책을 읽어볼까요? 책장 앞에 서서 가장 눈에 띄는 제목의 책을 고르고 어디든 좋으니 한 쪽 혹은 두 쪽만 읽어보세요. 혹시 압니까, 두 쪽이 세 쪽 되고 백 쪽이 될지요.

 그래서 오늘의 첫 문장은요

오늘 읽은 글 중에서 가장 마음에 남는 한 문장을 가져다 꾹꾹 눌러 써보세요. 이거 뭐, 거저먹는 날 아닙니까.

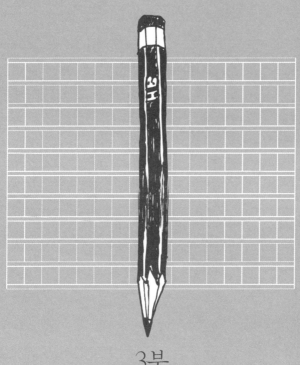

3부
어른의 글쓰기, 방법

Writing

배운 적 없어도 쓸 수 있게 해주는
쓰기의 방법은 분명히 있습니다.

14강 _____ 베껴 쓰세요

베껴 쓰기는 정신에 군불을 때주는 일용할 땔감이다.
베껴 쓰기는 그러니까 기타리스트가 되기 위해
록 역사상 최고의 기타리스트로 꼽히는
지미 핸드릭스의 연주법을 따라해보는 것과 같다.
– 은유, 《글쓰기의 최전선》 메멘토

쓰려고 앉을 때마다 쓸 거리가 이것저것 떠오른다면 정
말 좋겠지만 그런 일은 여간해 일어나지 않습니다.

아직 우리의 뇌가 '쓰는 뇌'가 되지 않은 탓이고, 종일 먹
고사느라 써버린 에너지만으로도 뇌는 이미 충분히 피곤
한 상태거든요. 그래서 글감이 쉬이 떠오르지 않습니다. 다
들 그렇듯 나도 마구 떠오르는 영감을 토해내듯 쓸 가능성
은 없다고 칩시다. 그럼에도 뭔가를 좀 써보고 싶고 뭐라도
당장 써야 할 것 같다면 출발은 베껴 쓰기입니다. 내 생각이
전혀 담기지 않은 누군가의 글을 그대로 베껴서라도 쓰기
시작하면 오래 기다리지 않아 내 생각이 담긴 글이 따라 나

오게 됩니다. 앞서 말했듯 읽다 보면 쓰게 되고, 베껴 쓰다 보면 내 글을 쓰게 됩니다.

또 어떤 이에게 베껴 쓰기는 대단한 문장을 흉내 내어 잘 쓰는 것에까지 닿지 못했다 하더라도 마음에 담고 싶은 괜찮은 문장 한두 가지쯤은 갖게 될 수 있는 유익한 작업이 될 수 있습니다. 그러다 시나브로 책이라는 것이 좋아질 수도, 내 글을 한번 써보고 싶어질 수도 있으니 대단치 않아보이는 작은 시작을 굳이 오늘 한번 해볼 이유는 충분합니다.

좋아하는 작가를 생선 가시 바르듯

베껴 쓰기로 결심했다면 어떤 글을 고를지 망설여질 거예요. 도움이 될 이야기를 드리자면, 글 선택을 위해 너무 고심할 필요는 없다는 것입니다. 베껴 쓴다는 행위 자체가 주는 의미와 이로움이 크기 때문에 더 도움이 될 책을 찾느라 시간을 쏟기보다 그저 시작하기를 권합니다. 그러니까 다시 말해 지금 앉은 자리에서 가장 가까이 있는 책 한 권을 덥석 집어도 된다는 겁니다.

조금 더 진지한 선택을 원한다면 이런 방법이 있습니다.

첫째, 평소 좋아하던 작가를 떠올리고 그의 작품 중 흥미를 자극하는 책을 선택하세요. 반드시 내가 따라하고 싶은 문체가 아니어도 괜찮습니다. 지금은 아니겠지만 앞으로 꾸준히 이렇게 다양한 책을 읽으며 글을 쓰다 보면 누가 지정해주지 않아도 '나도 이렇게 써보고 싶다'라는 마음이 들게 하는 작가가 생길 거거든요. 지금이 아닐 뿐, 시간이 지나면 자연스레 해결될 문제를 두고 심각하거나 조급할 필요가 없습니다.

둘째, 평소 딱히 좋아하는 작가가 없다면 집에 있는 책 중 그나마 가장 눈에 들어오는 한 권을 고르면 대부분 괜찮습니다. 그 책이 아주 오래되었거나 거의 알려지지 않았더라도 상관이 없습니다. 잘 모르는 책이라도 출간되어 시중에 판매되었던 것이라면 베껴 쓰는 용도로 쓰기에 충분합니다. 그래도 이왕 베껴 쓰는 거, 조금 더 신중하게 선택할수록 도움이 되지 않을까, 하는 의심이 여전히 남아 있다면 이렇게 생각해보세요. 물론, 거장이라 불리는 작가가 있고, 베스트셀러라 하는 책이 있고, 그 책의 저자가 존재하며 그런 책을 선택한다면 문체든 내용이든 여러 면에서 조금 더 이로울 수는 있어요. 그런 이유로 저도 처음에는 이름만 대면 알 만한 책만 고집했었어요. 굳이 그럴 필요가 없었다는 걸 한참 후에 알았죠.

유명한 작가의 베스트셀러가 아니어도 베껴 쓰기의 교본이 될 수 있는 이유는 생소한 책일지라도 시중에 나온 대부분의 책은 저자의 초고로 이루어진 것이 아니기 때문이에요. 책 속의 글은 저자가 써낸 것이 맞지만 저자 혼자 힘으로 최종 완성한 글이 아닙니다. 우리가 고른 한 권의 책은 창작자들이 모인 출판사라는 조직 안에서 수없이 다듬고 더하고 빼고 닦고 문지르고 포장하여 완성한 최종 완성품이거든요. 제 이름으로 출간된 책들 역시 제가 썼지만 결코 저 혼자 완성하지 않았습니다.

초고가 완성되면 일기 검사 맡는 초등학생의 심정이 되어 담당 편집자에게 보냅니다. 그때부터 편집자의 눈이 바쁘게 팽팽 돌아가기 시작합니다. 숱한 비문을 바로 잡고, 흐름을 거스르는 문장을 골라내고, 문장의 순서와 전체 목차를 조율하고, 더 적합한 소제목과 단어를 찾아내려는 노력을 함께하고, 반복되는 내용을 알뜰히 골라 가차 없이 삭제하는 편집자의 일 없이는 그 어떤 글도 책이 되지 못합니다. 책을 만드는 것은 초고 없이 불가능한 일이지만 초고만으로도 불가능한 일입니다. (이런 여러 가지 이유로 저는 원고를 살펴봐주시는 편집자에게 늘 감사하다는 말을 달고 삽니다. 아무리 다시 살펴도 보이지 않던 이상한 문장과 어색한 단어를 속속 골라내주시니 감사할 수밖에요.)

저의 연이은 출간을 지켜보며 차라리 직접 출판사를 운영하며 책을 내보지 그러냐는 이야기를 자주 듣는 요즘입니다만 적어도 현재까지는 그럴 마음이 없습니다. 책 한 권이 출간되기까지의 섬세하고 복잡다단한 과정 속에 저는 들어갈 자신이 없습니다. 얼마나 많은 분의 수고가 더해지는 과정인지를 이제 좀 알게 된 탓이겠죠.

저자가 받는 저작권료(인세)가 정가의 10퍼센트면 너무 적은 거 아니냐는 이야기도 종종 듣습니다만 10퍼센트도 과하다는 생각이 들 만큼 출판사와 편집자의 역할이 90퍼센트 이상입니다. (그러면서도 어느 때부터인가 슬금슬금 인세 인상을 요구하는 저는 속물 맞습니다.)

이런 여러 가지 이유로 막 시작하는 우리가 요즘 쓰는 글은 책 속에 얌전히 자리 잡은 말쑥한 글에 비해 당연히 초라할 수밖에 없습니다. 그들의 글과 내 글을 굳이 비교하며 좌절하기보다는 좋아하는 작가의 책에 담긴 글을 생선 가시 바르듯 야무지고 알뜰하게 내 글의 선생님으로 활용하는 편이 누가 봐도 남는 일입니다.

소재, 주제, 장르 모두 상관없으니 뭐라도 펼쳐놓고 베껴 쓰기를 시작해보세요. 문장은 이렇게 시작하고 마치는 거구나, 이런 단어를 썼네, 와 이 표현은 마음에 들어, 라는 생각을 하게 되면서 나도 모르게 언젠가 내 글에 자연스럽게 녹아날 때를 기다리는 겁니다.

> 무릇 한 가지 하고픈 일이 있다면 목표되는 사람을 한 명 정해놓고 그 사람의 수준에 오르도록 노력하면 그런 경지에 이를 수 있으니 – 정약용

베껴 쓰기는 느리게 읽기

책에는 훑어내리듯 빠르게 읽어지는 책, 그렇게 읽어도 괜찮은 책이 있는가 하면 일부러 느리게 읽고, 아껴 읽고 싶은 책도 있습니다. 어떤 책이 내게 그런 존재인지는 사람마다 다릅니다. 다른 건 당연한데, 때로 우리는 모두의 기준에 우리를 맞춰 넣기 위해 노력합니다. 내가 좋아하고 내가 읽게 되는 그 책이 내게 이로운 책입니다. 그게 내 책입니다. 베스트셀러라고 소문난 책을 읽어도 영 진도가 나가지지

않거나 도저히 동의하기 어려운 이야기가 거슬린다면 끝까지 읽으려다 결국 실패하기 쉽습니다. 그러면 책 표지를 찍어 올리며 자랑하는 게 큰 의미가 없죠. 그 책은 내 책이 아니거든요.

베껴 쓰기는 의도하지 않은 느리게 읽기(슬로우 리딩)의 한 과정이에요. 손으로 한 글자씩 적고, 키보드로 옮겨 적는 일은 제아무리 800타를 넘나든다 해도 눈으로만 읽어내리는 것보다 훨씬 오래 걸리는 일입니다. (그래서 몹시 귀찮은 마음에 선뜻 시작하기 어렵다는 단점이 있습니다.) 간만에 좋아하는 작가의 재미있어 보이는 책을 발견했다면 빠르게 읽어내기보다는 베껴 써가며 한 문장씩 음미해보세요. 그것만으로도 느리게 음미하며 정독하는 효과가 있습니다. 물론 저처럼 성질 급한 사람은 이어질 이야기가 궁금해서 숨이 넘어갈 수 있기 때문에 먼저는 한두 시간 안에 전체를 후루룩 읽어버리고 찬물 한 잔 들이켜 숨을 고른 후 천천히 한 쪽씩 베껴 쓰기를 시작하는 것도 수명을 늘이는 방법입니다.

전직 초등학교 교사라는 직업병을 발휘해 잠시 한 말씀

드리고 지나가자면 책을 보긴 보되 휘리릭 읽어버리는 아이가 걱정될 때, 제가 쓰는 방법도 제법 괜찮습니다. 저만큼이나 전체 이야기가 궁금하고 성질이 급한 아이가 댁의 거실에 뒹굴고 있다면 먼저 휘리릭 읽도록 너그러이 허락해주세요. 완독하고 나서 다시 처음부터 정독하는 겁니다. 이번에는 다시 찬찬히 좀 읽어보자고 좋게 말했는데 귓등으로도 안 듣고 여전히 책장 넘기기에만 바쁘다면 베껴 쓰기를 통한 정독, 슬로우 리딩을 권해보는 거죠. 아이가 없다면 성질 급한 조카를 키우느라 흰머리와 주름이 눈에 띄게 늘어가는 친정 언니와 새언니에게 전달 부탁드립니다.

쓰는 사람의 베껴 쓰기

쓰기의 준비 운동으로 베껴 쓰는 것, 읽기 대용으로 베껴 쓰는 것과는 다르게 내가 이미 쓰는 사람이라면 베껴 쓰기의 결을 조금씩 달리하기를 권합니다. 이미 쓰는 사람은 더 잘 쓰게 될 가능성이 높고, 더 잘 쓰기를 시도할 단계이며, 이제 좀 잘 쓸 때도 되었기 때문입니다. 또 전직을 못 속이고 비유하자면, 공부하는 습관이 자리가 잡혀야 안정적인 성적을 기대할 수 있는 것과 같습니다. 쓰는 습관이 자리 잡혔다면 괜찮은 글을 기복 없이 써내는 데 욕심냈으면 합니다. 그러기 위해 평소 내가 쓰고 싶은 글과 가장 유사한 느낌의 글을 고르세요. '나도 이런 글을 써보고 싶다'라는 생각이 들게 했던 글이 나의 선생님입니다.

정보서와 자기계발서보다는 소설이나 에세이를 추천합니다. 소설과 에세이는 문장의 힘이 글 전체를 끌어가는 중요한 요소로 작용하기 때문에 한 번 더 생각하게 만드는 섬세하고 힘 있는 문장의 비율이 높습니다. 제가 정보서를 주로 쓰는 사람인 덕분에 이 지점을 편히 말할 수 있어 다행이라 생각되네요. 생각해보세요. 소설과 에세이를 주로 쓰는 작가가 '베껴 쓰려면 정보서 말고 소설과 에세이를 활용해라'라고 말한다면 저와 같은 처지에 있는 이들이 얼마나 상처를 받겠습니까.

어떤 책이든 그 안에 든 문장에는 작가 고유의 문체와 호흡이 그대로 담겨 있습니다. 그래서 때로는 누가 썼는지 모르고 읽다가 작가를 추측해 정답을 맞히기도 하는데, 신기한 건 다른 작가의 글임에도 상당히 유사한 문체와 호흡이 느껴질 때가 많다는 점입니다. 누가 누구의 글을 닮고 싶어

했던 건지보다 중요한 건, 내가 닮고 싶은 바로 그 문체와 호흡을 최대한 흉내 내어 나만의 호흡을 완성해내는 일입니다.

🖋 오늘의 글쓰기 과제는요

눈치챘겠지만 오늘은 베껴 쓰기입니다. 베껴 쓰기를 위해 베껴 쓰기에 대한 책을 사거나 빌리느라 시간을 늦추지 않기를 바랍니다. 공책과 노트북, 어디든 괜찮습니다. 지금 책장으로 가세요. 무엇이든 가지고 오세요. 목차를 펼쳐 가장 눈길을 끄는 꼭지를 고르고 곧장 베껴 쓰기를 시작하세요.

제가 고른 책의 제목은 《내가 좋은 날보다 싫은 날이 많았습니다》고, 69쪽을 펼쳤습니다. 타닥타닥 베껴 써보려고요.

🖋 그래서 오늘, 제가 베껴 쓰기 시작하는 첫 문장은요

"저는 삶에 목표가 없어요. 무엇을 원하는지 모르겠어요."

상담이나 강의 현장에서 이렇게 고백하는 사람들을 많이 만난다.

15강 ——————— 커피 마시며 수다 떨듯

첫 책을 쓰기 시작한 내게 작가 친구가 이런 조언을 해주었다.
"말하듯이 써."
나는 이 말을 좋은 글쓰기란 가식적이어서는 안 되며
구어적 특성을 지녀야 한다는 의미로 받아들였다.
– 켄 올레타

카페에 앉아 커피 한 잔 마시고 온 것뿐인데 칼칼하게 목이 잠겨본 경험이 있다면 반갑습니다. 우리는 커피를 마시러 나간 게 아니었던 거죠. 수다를 떨기 위해 만났고, 그 김에 목도 좀 축인 겁니다. 커피 한잔할까? 라는 말은 일단 얼굴을 좀 맞댄 후 재수 없는 직장 동료의 근황, 예민하고 까칠하고 지저분한 남편, 공부는 더럽게 못하더니 어쩌다 시집은 잘 가서 벤츠 끌고 다니는 친구, 겁 없이 주식에 들어갔다가 다들 버는데 나만 손해보고 나온 사연, 내 기획 뺏어가놓고 사과 한마디 없는 상사에 대한 깊고도 디테일한 이야기를 나누고 싶다는 마음을 의미합니다. 커피든 오므라

이스든 메뉴가 뭣이 중합니까. 만나서 풀고 싶은, 속 터지는 일이 있다는 게 핵심이죠. (세계 최고 석학으로 알려진 유발 하라리에 의하면 인류에 언어가 생긴 이유가 뒷담화를 하기 위해서라는 사실 아세요?)

새 문서를 펼쳤고 커서는 재촉하듯 깜빡이는데 뭘 써야 할지 막막하다면 오늘 마신 커피를 떠올려보세요. 점심의 돈가스도 좋습니다. 그 커피와 돈가스가 앞에 놓인 상황에서는 시간이 촉박해 꺼내지 못한 이야기가 남았을 거예요. 혹은 그때 들은 말 중 덧붙일 만한 이야기였으나 여러 이유로 꺼내지 못했다면 그것이 오늘의 글이 됩니다. 대화가 은밀하고 진지하지 않아도 괜찮습니다. 배우 현빈과 손예진이 결국 열애를 선언했고, 해를 넘기지 않고 결혼할 거라는 추측으로 커피 한 잔을 거뜬히 비워냈다면 하던 그 얘기를 이어가도 좋습니다. (실은 저는 배우 현빈에 대해서는 책 한 권도 거뜬히 써낼 자신이 있는데 참겠습니다.)

뭘 쓸지 고민하느라 10분이 훌쩍 지나는 중이라면 글 대신 사람을 떠올리세요. 책 말고 커피와 돈가스를 떠올리세요. 내 이야기를 조금 더 툭, 털어놓게 되는 내 편에 가까운 한 사람을 떠올리며 그와 나누던 메뉴를 떠올리는 게 쉽고 빨라요. 내일 커피 타임에는 어떤 이야기를 할 건가요?

One Person 전략

책은 제목을 정하는 것에서 시작되는 줄 알았는데 알고 보니 제목은 책을 만드는 전체 작업 중 완전 나중의 일이더라고요. 출발은 독자입니다. '누구를 위한 책이냐'에서 시작됩니다. (그것도 모른 채 무턱대고 첫 책을 썼으니 도대체 제 초고가 어떠했을지는 상상에 맡깁니다.)

모든 출판사에서는 책을 기획하는 초기 단계에 '대상 독자'라는 것을 설정합니다. 제가 만든 이 책의 기획안에는 '글쓰기를 시작하고 싶지만 어떻게 습관을 만들어야 할지, 어떻게 하면 더 잘 쓸 수 있을지 방법을 몰라 미루고 있는 3, 40대 성인'이라는 대상 독자를 설명하는 문구가 들어있습니다. 더 구체적으로 콕 짚자면, 틈만 나면 글 잘 쓰는 방법을 묻던 33세의 친한 여성 후배를 정조준했습니다. 제 책이 나올 때마다 부러워하며 도대체 어떻게 하면 글을 잘 쓰는 거냐를 궁금해하는데, 때마다 쏟아지는 질문에 단편적인 대답을 늘어놓는 일이 반복되다 보니 이럴 거면 책으로 쓸 테니 일단 너부터 읽어봐라, 라는 심정에서 시작된 것입니다.

그렇다고 해서 이 책이 오직 그 후배만을 위한 책이냐 하면 그건 또 아닙니다. 지금 이 책을 읽는 여러분은 그 후배와 나이도 직업도 성별도 글에 대한 마음도 다르겠지만 어엿한 책의 독자가 되어 있습니다. 저는 친한 그 후배와 커피를 마시며 질문에 답하듯 하나씩 풀어내었을 뿐인데 비슷한 처지의 여러분께도 도움이 되는 거죠. (도움이 되는 거죠?)

내 앞에 앉아 있을 법한 어느 한 사람을 정조준하여 기획하면, 대상 독자가 아니었던 이들에게도 사랑받는 신기한 책이 나옵니다. 대상 독자를 구체화할수록, 좁힐수록 더 많은 이에게 읽힐 확률이 높아집니다. 한 사람을 염두에 둘수록 정보는 정교해지고 조언은 섬세해지고 표현은 생생해지기 때문입니다. 저만 해도 그렇습니다. 저를 대상으로 쓴 책이 아닐 것이 분명한 20대 청년들을 위한 자기계발서를 읽다가 힘이 뻗쳐 내버려두었던 영어를 다시 시작하고 다이어트를 결심하거든요.

글을 쓰기 전에는 항상 내 앞에 마주 앉은 누군가에게
이야기해주는 것이라고 상상하라.
그리고 그 사람이 지루해서 자리를 뜨지 않도록 하라.
- 제임스 페터슨

제가 쓴 첫 책은 초등학교 입학 준비에 관한 정보서예요.

초등 1학년 담임 경험이 있었고, 저희 아이들이 연이어 초등학교에 입학할 무렵이었지요. 동네에서 한 아이의 엄마를 사귀었는데, 저처럼 휴직 중이라 처지도 비슷한 데다가 사람이 따뜻하고 재미있어 언니, 언니 하며 따라다녔습니다. 언니에게는 제게 없는 딸이 둘이나 있었는데 인형처럼 깜찍하여 절로 마음이 기울었습니다. 그런데 희한하게 이 언니랑 친해지면서 점점 속이 답답해지기 시작했어요. 성격도 성향도 취향도 죽이 잘 맞는데 안타깝게도 그간 직장만 열심히 다닌 탓에 학교생활, 공부, 습관, 독서 등 초등생 아이에게 필요한 정보가 없어도 너무 없더라고요. 안타까움에 속이 답답해진 거죠. 틈만 나면 커피 한 잔을 앞에 두고 이런저런 수다를 떨던 사이인지라 언니는 제게 평소 궁금했던 초등학교 생활에 대해 이것저것 물었고, 저는 '언니가 이런 것까지도 모르고 있었나' 새삼 놀라며 하나씩 일러주었습니다.

그간 저는 학교 안에서만 지냈기 때문에 학교 밖의 엄마들이 뭘 궁금해하고 뭘 몰라서 못 챙겨주는 건지 모르고 있었던 거죠. 그 사실을 알고는 무릎을 쳤습니다. 내가 알고 있으니 다들 알고 있을 거라 넘겨짚은 채, 교실에서 만나는 학부모님들의 걱정스러운 질문에 자세히 설명하지 않았던 게 후회되었습니다. 이 언니처럼 첫째를 초등학교에 입학시키는 학교 밖의 엄마에게 도움이 되겠다, 싶은 마음에서 시작된 글 무더기가 제 첫 책이 되었습니다.

제 버릇 개 못 준다고 지금도 저는 그때의 습관이 남아 글을 쓰다가 막힐 때, 지금 내 앞에 그 언니가 앉아서 이해되지 않는다는 답답한 표정으로 아이 공부와 학교생활에 대해 묻는 중이라는 상상을 합니다. 신기하게도 그 언니에게 이야기한다고 생각하면 뭐라도 쓰게 되더라고요. 함께 나눈 이야기가 워낙 많아서 그런가 봅니다.

가만히 생각해보니 저만 언니에게 고급 정보를 준 것처럼 쓴 것 같아 민망해 몇 자 덧붙입니다. 언니는 대학 병원의 건강검진센터에서 오랜 기간 근무하던 간호사인지라 저는 언니를 만날 때면 요즘 우리 가족의 몸에 나타나는 증상, 검진 시기, 검진 종류, 검진 비용 등에 대한 질문을 퍼붓습니다. 덕분에 발견하지 못했던 제 목 한쪽에 난 물혹의 실체도 알게 되었고, 저희 부부의 종합 건강검진도 편히 받았고, 둘째가 가진 난청, 중이염, 틱, ADHD, 비만, 당뇨, 성조숙증, 사시, 우울증 등 숱한 증상에 맞는 진료과를 겨우 커피 한 잔 마시면서 알게 되었고 그중 마음씨 고운 교수님을 추천

받을 수 있었습니다. (대학병원 진료를 자주 받다 보니 너덜해진 부모 마음에는 실력도 실력이지만 말 한마디라도 따뜻하게 건네는 분이 절실합니다.)

그래서 저는 지금도 틈만 나면 언니에게 '건강관리의 필요성을 느끼기 시작하는 40대 성인을 위한 건강관리, 건강검진, 검진 이후의 일상 건강 관리법' 등의 정보를 담은 책을 좀 쓰자고 조르고 있습니다만 쉽게 넘어오질 않네요. 대상 독자가 이미 끝내주게 확실한데 말이죠.

쉽게 써야 하는 이유

출판사에서 오랜 시간 책을 만들어온 편집자와 이야기를 나눈 적이 있었어요. '교육계', 그러니까 초등학교라는 직장에만 15년 머물던 사람인지라 '출판계'라는 새로운 세상에 대한 무한 호기심과 존경이 있습니다. 가보지 못한 다른 길에 대한 동경은 보편적인 감정인가 봅니다. 교사로서의 삶을 막연히 동경하는 분들도 자주 만나지만, 그 바닥의 사정이 훤한 제게는 미지의 영역인 출판계가 훨씬 매력적입니다. 그러다 보니 다른 세상을 엿보게 해주는 편집자와의 대화는 언제나 환영입니다. 반대로 편집자는 학교 안의 사정을 궁금해하며 질문을 주고받습니다.

저는 책을 쓰는 사람이고, 마주 앉은 분은 책을 만드는 분입니다. 그러니 당연하겠지만 우리의 주된 대화 소재는 출판계의 트렌드입니다. 책을 위해 머리를 맞댈 때, 트렌드만 염두에 두어서는 안 되지만 트렌드를 외면하는 책을 만들어서도 안 된다고 생각하기 때문이에요. 요즘 독자들의 취향과 성향에 대한 다양하고 깊은 이야기를 나눌수록 마주 앉은 우리가 조금이라도 더 유익하고 사랑받는 책을 만들 가능성이 높아지는 건 분명합니다. 매장에서는 손님이 왕이라고 하던데, 서점에서는 예비 독자가 왕입니다. 예비 독자의 선택을 받기 위해 저자도 편집자도 마케터도 할 수 있는 최선을 다합니다.

요즘 출판계의 트렌드에 대해 잠시 소개해볼게요. 이전의 출판계는 교수, 학자, 정치인 등 유명하거나 학식이 뛰어난 이들의 책이 주류를 이루었다면 지금은 일반인의 출간이 대세라고 해요. '나도 내 이름의 책 한 권'을 외치며 출간을 시도하는 일반인이 많아지고 있습니다. 이미 느끼고 계시죠? 제가 바로 그런 트렌드에 적극 동참한 사람이고요.

그런 만큼 이전에 비해 쉽고 친근한 책들이 점점 대중의 사랑을 받고 있습니다. 방대한 지식을 어렵게밖에 쓸 줄 모르는 저자, 다시 말해 아무리 노력해도 도저히 어느 단계 이상 쉽게 쓰지 못하는 지식층, 학자들의 글이 외면 받고 있다고 합니다. 어느 쪽으로든 치우치지 않기를 바라는 마음이지만 지금의 흐름도 대한민국의 독서 문화의 저변 확대를 위해 필연적인 과정이라 생각해요.

모두가 훤히 알고 있는 사실, 이 사회에 책 읽는 성인이 눈에 띄게 줄어들고 있다는 점 때문입니다. 주변을 보세요. 지인 중에 책 읽는 이가 몇이나 될까요? 소설가 장강명의 《책 한번 써봅시다》에 이런 말이 나와요. "모든 책에 다 길고 깊고 복잡한 사유가 담겨 있지는 않다. 그러나 현재 그런 사유를 다른 사람에게 제대로 전할 수 있는 유일한 매체는 책이다. (중략) 책 중심 사회는 정치, 사회 언론, 교육 시스템이 지금과는 완전히 다른 모습일 것이다."(15-16쪽) 책이 가지는 고유함에 동의하지 않을 수 없었습니다.

아무리 쉬운 책이라도 한 권을 읽어내는 건, 스마트폰을 두 번만 꾹꾹 누르면 쏟아져 나오는 수많은 글을 무심하게 읽어내려가는 것보다 훨씬 어렵고 거추장스럽습니다. 책을 즐기는 저 역시 포털 사이트에 뜨는 오늘의 주요 기사들을 다 훑어보고 나서야 비로소 책을 펼치는걸요. 이 시대의 쓰는 이들의 경쟁 상대는 다른 작가가 아니고 스마트폰, 유튜브, 넷플릭스랍니다.

그래서 부탁하는데, 조금 더 쉽게 써주세요. 한번 읽어볼 마음이 들게, 되도록 덜 지루하게, 초등학생이 읽어도 이해가 되도록 친절하고 자세하게 말이죠. 글이 나의 지식과 경험을 과시하는 것에 그칠 때, 그 글은 외로워집니다. 쓰고 공유하는 지금의 글들이 이왕이면 독자의 칭찬과 공감으로 시끌벅적해지기를 진심으로 바랍니다.

읽기 어려운 글이 쓰기는 쉽습니다

글을 쓰기 어려운 이유는 어렵게 쓰려 하기 때문이에요. 어렵게 쓰고 싶은 이유를 가만 들여다보면 생각보다 훨씬 더 커다란 나의 허영, 교만을 마주하게 됩니다. '내가 좀 아는 사람이야, 나는 보기보다 똑똑한 사람이야'라는 사실을 글을 통해 보이고 싶지요. 같은 말을 굳이 한자어, 영어로 쓰고 거창한 서술어를 사용해 문장을 길게 늘어뜨립니다. 우리는 논문을 쓰는 것도 학회에 제출할 보고서를 쓰는 것도 아닌데 말이에요. 쉽게 쓰면 안 될 것 같은 강박에 시달리며 꾸역꾸역 나조차도 다시 읽을 엄두가 나지 않는 이해하기 어려운 단어와 문장을 굳이 엮어봅니다.

정말 잘된 글은 아이도 이해할 만큼 쉽고 친절하게 표현한 것입니다. 그게 더 어렵습니다. 어렵게 쓰는 게 쉽고, 쉽게 쓰는 게 어렵습니다. 글을 읽는 사람이 글 속에 조금 더 오래 머물게 하고 싶다면 쉽게 써야 해요. 술술 읽히면 계속 읽게 되고, 계속 읽다 보면 재미를 느끼다 결국 이 글을 쓴 사람이 궁금해지고 애정을 갖게 됩니다. 누가 썼을까, 이 사람은 어떤 사람일까를 궁금해하게 만드는 글은 쉬운 글입니다.

우리에게 필요한 것은 어렵고 멋진 글이 아니라
쉽게 이해할 수 있는 글이다.
고급스런 글이기 이전에 명료한 글이다.
뛰어난 글에 앞서 자연스런 글이다.
이 바쁜 세상에 글 한 편을 쓰는 데
논문이나 작품 쓰듯 몇 날 며칠 진땀을 흘려야 되겠는가?
– 임정섭,《글쓰기 훈련소》다산초당

오늘의 글쓰기 과제는요

초등학교 때는 툭하면 글짓기 대회가 열렸었죠. 영혼 없이 채워내던 붉은색 원고지, 기억하실 거예요. 고마운 것은 주제를 정해주니 분량만 채우면 된다는 사실. 나라를 사랑하고, 호국보훈 용사를 기리며 일필휘지로 써 내려가던 무수한 글짓기 대회들의 느낌을 떠올리며 오랜만에 글짓기 대회에 출전해보겠습니다.

지금 칠판에는 '나라 사랑 글짓기 대회'라는 글씨가 큼직하게 써 있고, 책상 위에는 새하얀 원고지와 잘 깎인 연필이 놓여 있답니다. 시작해볼까요?

 그래서 오늘의 첫 문장은요

저는 대한민국이 정말 자랑스럽습니다. 그 이유는 모두 세 가지입니다. 첫째, 전 세계를 힘들게 했던 코로나 19 사태 때 모범적인 방역과 의료 시스템으로 국민을 안전하게 보호해주었습니다.

16강 —————— 감정을 솔직하게 드러내 보세요

　　괜찮다는 평을 받는 예능 프로그램의 후기를 보다 보면 빠지지 않는 댓글 중 하나가 '재미, 감동, 교훈을 모두 잡았다'라는 표현입니다. 쓰는 사람으로서의 제 목표가 꼭 그렇습니다. 우리도 그런 글을 쓰면 좋겠어요. 재미, 감동, 교훈이 담긴 글. 만만치 않은 과제입니다. 쓸 수 있었으면 진작 썼겠지요. 어찌 됐건 현재로서는 셋 중 하나라도 잡자는 각오가 최선인데, 시작하는 단계라면 셋 중 먼저 '재미'에 도전해보았으면 합니다. 감동을 잡자니 글마다 눈물 짜는 신파가 되어버리기 쉽고, 교훈을 잡자니 까딱하다간 교장 선생님 훈화 말씀 같은 지루한 글이 되기 때문에 가장 만만한

'재미'를 잡는 것부터 시작하면 좋겠습니다.

재미있는 글을 위한 노력은 읽는 이를 위한 일인 동시에 쓰는 이를 위한 일이기도 합니다. 먼저는 시간 내어 내 글을 읽어주는 독자를 위한 배려의 의미입니다. 글은 아무리 재미있어도 유튜브와 넷플릭스 아래입니다. 그것들을 보다 지치면 눈을 돌려 몇 자 읽어볼까, 싶은 게 글인 거죠. 사정이 이렇다 보니, 애써 읽었는데 물맛도 술맛도 아니었음을 알고 나면 시간과 돈이 아깝다는 억울한 느낌을 지우기 어렵습니다. '이 시간에 예능 한 편 더 챙겨볼 것을….' 그러니 글의 재미를 위해 조금 더 애를 써보면 좋겠습니다.

그러나 사실 글의 재미라는 것은 더욱 근본적으로는 쓰는 이를 위한 장치에 가깝습니다. 지루한 글을 쓸 때는 쓰는 사람도 흥이 나질 않거든요. 대학 때 꾸역꾸역 쓰던 보고서를 기억하십니까. 우리가 지금 그런 글을 쓰고 싶어서 이 책을 붙잡고 매일 글쓰기 숙제를 하는 건 아니잖아요. 그런 글, 정말 싫잖아요. 그런데 내 글은 여전히 그런 느낌일 수 있기 때문에 쓰는 게 지루한 것일 수 있습니다.

저는 제가 쓴 글을 상당히 여러 번 고치는데요, 그러다 보니 해당 글의 저자였던 포지션이 차츰 독자로 옮겨갑니다. 안 그래도 퇴고는 지루한 싸움인데, 지루한 글을 반복해 읽고 정신 바짝 차리고 고치기까지 하다 보면 곤욕도 이런 곤욕이 없습니다. 재미있게 쓴 부분은 훨씬 낫습니다. 하도 여러 번 읽다 보니 내용은 외울 만큼 훤한데도 조금이라도 재미있는 부분을 읽을 땐 제가 쓴 글을 보면서도 히죽거립니다. 그래서 정말 솔직하게 저는 저를 위해 재미있는 글을 쓰려고 노력합니다. 제가 쓴 글을 가장 여러 번 읽게 될 독자인 저를 위해서요.

블로그, 브런치를 운영하고 있거나 어떤 형태로든 글을 모으고 있는 분이라면 이런 저의 심정을 이해할 수 있을 거예요. 내가 쓴 글 중에는 좀체 다시 열어보지 않게 되는 글이 있고, 괜히 한 번 더 열어놓고 읽게 되는 글이 있어요. 잘 쓰고 못 쓰고의 차이라기보다는 재미의 차이라는 걸 알게 될 겁니다.

그렇다면 도대체 그 '재미있다는 글'은 어떻게 쓰는 건지 궁금할 거예요. 재미있게 잘 읽히는 글에는 이런 특징이 있어요. 이렇게 쓰면 됩니다.

솔직하게

솔직하지 않은 글을 굳이 읽을 이유가 없다는 것이 제 독서 원칙입니다. 읽을거리는 넘쳐나고 시간은 언제나 부족합니다. 솔직하거나 유익하거나 혹은 솔직하면서 유익하거나. 이 두 가지를 찾아 헤매며, 이 두 가지를 모두 담은 글을 만나면 우선순위로 집중하여 빠르게 읽어냅니다.

솔직함이 글의 최우선 가치는 아닐 수 있지만 적당히 둘러대거나 핵심을 피해 빙빙 돌리는 글을 읽느라 시간을 허비하고 싶지는 않습니다. 경험이 됐든 감정이 됐든 글감으로 사용하고 그것을 활용해 남은 이야기를 풀어갈 작정이라면 쓰는 이의 솔직함은 필수라고 생각해요.

솔직함에 대한 얘기가 나온 김에 솔직한 제 이야기를 하나 풀고 가겠습니다. 앞서 어딘가에서 부부 교사였던 저희가 가난해진 사연을 말씀드리겠다고 했는데, 솔직한 글쓰기의 예로 이만한 게 더 있겠습니까.

저희 부부는 스물여덟 동갑내기로, 다소 이른 나이에 결혼했어요. 연년생을 낳아 두 아이의 부모가 되고 보니 겨우 서른 살 여름이더군요. 군대까지 길게 다녀오느라 경력이 얼마 되지 않는 당시 저희 남편의 월급은 아무리 후하게 쳐도 250만 원을 넘기기 어려웠고. 결혼할 때 집을 얻느라 있던 대출도 갚지 못한 채 엄마인 저의 기나긴 육아 휴직이 시작되었습니다. 당시 휴직 수당이 2년 동안 매달 50만 원씩 나왔는데, 3년 차가 되면서는 그마저도 끊겨버렸습니다. 보험이며 공과금 등의 고정 비용을 제하고 나면 우리 네 식구의 한 달 생활비는 주로 100만 원 남짓. 그래도 무럭무럭 자라는 두 아이 키우며 그럭저럭 버텨볼 만한 날들이었습니다.

그러다 둘째가 돌 즈음 되어 발달 지연이라는 벼락같은 진단을 받게 되었습니다. 지능 저하가 의심된다며 큰 병원에 가보라더라고요. 생전 가본 적 없는 큰 병원을 찾아 나섰습니다. 서울대 병원, 아산 병원, 신촌 세브란스 병원, 순천향대학 병원까지 돌쟁이 아가와 두 살짜리 형을 카시트에 앉히고는 예약 가능하다는 병원은 모두 찾아다녔습니다. 어떻게든 예약을 하루라도 당기려고 사돈의 팔촌과 친구의 두 다리 건너 지인까지 동원했습니다. 원인을 알아야 대책을 세우니 뇌 검사, 유전자 검사, 발달 검사, 지능 검사, 청력 검사, 사시 검사 등 하라는 검사는 다 했습니다. 이런 종류의 무서운 검사들은 약속이나 한 듯 보험이 적용되지 않아 빽 하면 100만 원이었습니다.

몇 년에 걸친 검사 끝에 두 가지를 얻었는데, 하나는 이미 손상되어버린 아이의 지능이 회복될 확률은 없다는 결론과 우리 가정의 파탄 나버린 경제였습니다. 검사만으로 끝났다면 몇 년 견디다 복직하고 구멍 난 카드 값을 메울 수 있었을 텐데 아이에게 들어가는 돈은 구멍 난 항아리에 물 붓듯 끝이 없었습니다. 물리 치료, 인지 치료, 언어 치료, 놀이 치료 등 들어본 적도 없는 치료를 위해 여기저기 예약을 넣고 기다리다가 자리가 났다는 연락을 받으면 기쁘게 달려가 시간당 5만 원이 넘는 치료를 지속하는 나날이었습니다.

2년간 휴직 후 복직하겠다는 계획 따위는 물 건너간 지 오래인지라 다시 돈을 벌 수 있을지 기약이 없었습니다. 하나는 등에 업고 하나는 유모차에 태워 파리바게트 앞을 지나는데 좋아하는 단팥빵이 그리도 먹고 싶더라고요. 한참을 서서 고민하다가 결국 못 먹고 지나쳐 집으로 돌아온 날 밤에는 속이 시끄러워 잠이 오지 않았습니다. 그렇게 몇 년을 호되게 보내고 이제는 단팥빵을 두 개씩 사 먹고, 치킨도 시켜 먹고, 저축도 하고, 기부도 합니다. 가끔은 비행기도 타고 또 가끔은 치킨을 두 마리도 시켜 먹습니다. 살다 보니 이런 날이 오긴 합니다. 이게 모두 하루도 쉼 없이 글을 쓴 덕분입니다.

여러분도 오늘부터 글을 쓰십시오.

내가 읽고 싶은 글

제가 쓴 글을 다시 읽으면서 피식 웃을 때가 있습니다. 대단히 위트가 넘치는 글을 쓴 것도 아니면서 말이죠. 그래서 결심했습니다. '내가 읽고 싶은 책을 써보자.'

제가 가장 좋아하는 분야는 산문, 흔히 말해 에세이랍니다. 어릴 때부터 주욱 그랬어요. 엄마가 가끔 꽂아두셨던 방송인, 사업가, 아나운서 등 유명인의 자전적 에세이(당시엔 그런 게 유행이었어요.)를 외울 때까지 읽었어요. 그 책에서 어떤 교훈을 얻어야 하는 건지, 그 사람이 어디에서 정확히 뭘 하는 사람인지도 모르면서 그저 읽었어요. 자신의 이야기를 남에게 이토록 담담하고 즐겁게 하나씩 꼭지를 쪼개가며 전달하고 있다는 점이 신기하고 매력적이었거든요.

그때 읽었던 책의 저자로는 방송인 허수경, 사업가 조안리, 하버드 대학교 수석 졸업에 빛나는 홍정욱 등이 있었어요. 모두 대단한 분들이죠. 그들처럼 대단한 사람이 되고 싶은 마음은 없었는데, 그렇게 되지는 못할 거란 걸 눈치로 알고는 있었는데, 그들이 써놓은 글들은 참으로 맛깔나고 재미있었습니다. 그 책들이 아니었다면 제가 하버드 대학교의 졸업 규정, 동해에 있다는 하조대 해수욕장, 생방송 진행하는 방송인들의 고충을 어찌 알았을까요. 얼마나 열심히 봤으면 20년이 꼬박 지난 지금도 책 속의 에피소드들이 생생하게 기억나네요.

그중 최고는 하버드 수석 졸업생 홍정욱의 《7막 7장》이었는데, 얼마나 여러 번 읽었는지 지금 그 책의 내용을 외워서 옮겨보라고 한다면 그럴 수 있을 것도 같습니다. (하지만 하지 않겠습니다. 막상 하려니 확신이 없네요.)

부정적인 감정도 좋은 글감이 될 수 있어요

후회, 아쉬움, 원망, 분노, 안타까움, 탄식, 혐오, 슬픔, 두려움, 자책, 미움, 고통, 가혹함, 모욕, 무서움, 실망, 고독, 우울, 좌절, 증오, 침통, 허탈, 짜증, 조급, 불안.

하루 동안 느낀 감정의 변화를 분 단위로 기록해보면 긍정적인 것과 부정적인 것 중 어떤 것이 더 큰 비중을 차지

할까요? 저는 사람이 좀 어두운 편이라 그런지 제 일상에는 부정적인 감정이 더 자주, 오래 머물다 갑니다.

제일 먼저는 분주함입니다. 글을 쓰기 시작하면서는 글만 쓰는 게 아니라 원고 교정, 저자 강연, 유튜브 등의 콘텐츠 제작, 출판사 미팅 등 새롭고 다양한 일들의 신입사원이 되었습니다. 서툴고 낯선 일들과 안 그래도 시원찮던 엄마 역할을 동시에 하려다 보니 늘 시간에 쫓깁니다. 바빠 죽겠습니다.

다음은 불안입니다. 바쁘기만 하면 다행이게요. 제가 쓴 글이 사람들에게 읽힌다는 건 감사할 일이지만 글과 책에 대한 혹독한 평가도 오롯이 제 몫입니다. 굳이 찾아 읽지 않아도 눈 뜨고 살다 보면 하나둘 눈에 들어오기 시작합니다. 누가 나를 때리는 것처럼 불안합니다. 공무원 생활만 15년 넘게 했더니 새롭게 생긴 프리랜서라는 직업의 불안정한 수입도 수시로 불안을 불러옵니다.

한 발짝 떨어져서 보면 아무 걱정 없는 것처럼 보이는 사람도, 사람이기에 누구나 각자에게 주어진 부정적인 감정과 함께 나이 들어갑니다. 그게 인생입니다. 그런 줄도 모르고 저는 애써 그 부정적인 감정들을 무시하기에만 바빴습니다. 불편하고 거슬렸습니다. 없애버려야 할 세균 같은 느낌이 들어 그 역시 내 것임에도 내 것임을 인정하기 어려웠습니다.

그런데 말입니다.

지난 몇 년 동안 써온 숱한 글의 원동력이 바로 이 부정적인 감정이었다는 걸 이제야 깨닫게 되었습니다. 늘 분주하니까 시간 날 때 몇 줄이라도 더 써두려고 부지런을 떨었고, 혹평을 받게 될까 봐 불안하니까 한 번 더 읽으며 고쳤고, 두렵기 때문에 성실하게라도 살자며 다독였고, 내 글을 읽고 실망스럽고 짜증이 나서 고치고 또 고칩니다.

부정적인 감정은 우리가 가질 수 있는, 가지고 있는, 가져도 괜찮은 자연스러운 감정이라는 걸 편안하게 인정하세요. 그리고 지금 내게 있는 부정적인 감정이 반드시 부정적인 결과와 연결되지는 않을 거라 기대해보세요. 하루를 보내며 말도 못하게 억울하고, 속상하고, 답답하고, 화나는 상황을 만나고 있다면 반가워해도 좋습니다. 그 감정을 토해내듯 후련하게 써버리는 덕분에 오늘도 제법 괜찮은 글을 쓸 가능성이 높아지거든요.

오늘의 글쓰기 과제는요

이제까지보다 아주 조금만 더 솔직하게 써보았으면 합니다. 지금 내 안의 감정 중 가장 어둡고 부끄럽고 비밀스럽고 지우고 싶은 것을 찾아내 글로 토해봅시다.

오늘 쓴 글은 노트북에 저장하지 말고, 공책에 남겨두지도 마세요. 쓰던 문서는 그냥 닫아버리고 쓴 종이는 찢어버리세요. 남기기 위한 글이 아니에요. 내가 내 안의 감정을 확인하고 그 감정을 인정했다면 그걸로 충분합니다. 글을 위한 글도 있지만, 온전히 나를 위한 글도 분명히 있습니다.

 그래서 오늘의 첫 문장은요

오랜 친구들을 만났다. 햇수로 20년이 넘었으니 오랜 친구들 맞다. 밥도 사고 커피도 샀는데, 내 책 한 권을 안 사준다.

지극히
사소한 일을 쓰세요

아무리 하찮게 보이더라도
사소한 아이디어들부터 쓰기 시작하라.
– 브렌다 유랜드

'가장 하찮은 것'에 대해 쓰세요.

읽었던 책에 나온 단 한 문장에 대해, 오늘 입고 나간 버버리 코트와 똑같은 디자인의 옷을 입은 여자 다섯 명과 마주쳤던 일에 대해, 어젯밤 수영 수업에서 도저히 잠옷이 아니라고는 생각할 수 없는 수영 팬티를 입고 나타난 할아버지에 대해, 점심에 먹은 닭가슴살 샌드위치, 친구가 보낸 뭔가 좀 찜찜한 기분이 들게 하는 카톡, 오늘 밤에 보려고 기다리고 있던 오디션 프로그램.

뭐든 지금의 내게 가장 좋은 소재가 될 수 있어요. 이렇게 사소한 일들을 글로 옮기다 보면 사소했던 아이디어들은 누군가의 머리와 마음을 울리는 진한 글이 되고, 글들이 모여 메시지의 색깔이 또렷해지면 물 흐르듯 자연스럽게 쓰는 사람이 됩니다. 누군가에게 읽힐 만한 쓸모 있는 글, 누군가가 찾아와 읽고 싶은 글, 누군가를 기다리게 만드는 글을 쓰는 사람이 되는 거예요.

어떤 하찮은 것을 찾다가 쓰면 글이 될 수 있을까요?

만만한 게 가족입니다
- -

잘 아시겠지만 가족이 하찮다는 의미는 결코 아닙니다. 한없이 익숙한 나머지 글의 소재로 삼기에 오히려 어색하기도 하다는 뜻입니다. 눈에 보이지 않지만 늘 나를 둘러싸고 있는 공기 같은 존재니까요. 글의 소재를 집 밖에서 찾으려고 하면 시간이 오래 걸릴 수밖에 없어요. 너무 넓은 공간에서 너무 많은 일이 너무 많은 사람과 얽혀 일어나고 있거든요. 그러지 말고, 신발을 벗고 집안으로 들어와보세요.

매일 한집에서 얼굴 보고, 눈만 뜨면 보이는 사람. 지금은 함께가 아닐 수 있지만 이제껏 살아온 시간 가운데 가장 오랜 시간을 함께 보냈던 나의 가족에 대해 써봅시다. 지극히 사소해보이는 소재로는 가족만 한 존재도 드뭅니다. 가족끼리는 참으로 사소한 일로 마음이 상하고, 너무 작은 일로 순식간에 행복해지고, 불처럼 화가 치솟다가 결국 어쩌지 못해 웃고 말아버립니다. 그게 가족이지요. 그러니 시작이 어렵지 시작만 하면 고구마 줄기처럼 문장이 술술 따라나옵니다.

초등학교 교실에서 일기 검사를 하던 시절, (지금은 아동 인권 보호를 위해 일기장 검사를 지양하고 있습니다.) 아이들 일기장에는 툭하면 가족이 등장했어요. 가족과 식당에 가서 삼겹살을 먹었다, 가족과 캠핑을 다녀왔는데 너무 더웠다, 동생이 말을 안 들어서 너무 화가 난다, 나는 아빠와 엄마가 정말 좋다, 나는 커서 우리 엄마처럼 예뻐질 거다, 우리 집에 드디어 아이패드가 생겼다. 이틀에 한 번은 가족이 주인공인 일기가 당연한 시절입니다.

어른이 되면서부터 우리의 글에 가족이 사라졌습니다. 마치 부끄러운 무언가라도 되는 양, 가족이 없거나 외국에 떨어져 지내는 양, 가족 없이 저 혼자 잘나서 이만큼 자란 양 당연하다는 듯 가족을 지우고 그 자리를 고민, 친구, 사랑, 진로, 학업, 취업으로 채웁니다. 아무리 즐거운 일이 많고, 아무리 힘든 일이 이어져도 결국 우리에게 가장 소중한 건 가족인데 말이죠.

의도한 건 아니지만 어쩌다 보니 저는 가족에 대한 이야기를 소재로 많은 글을 써왔습니다. 주로는 육아와 교육에 대한 것이고, 가족 여행과 남편에 대한 글도 서슴지 않습니다. 사실, 이만큼 생생하게 풀어낼 현재 진행형의 이야기가 없기도 했습니다. 쓸 거리를 찾다 보니 눈에 자주 띄는 가족이 소환되었다, 정도로 해석하면 무난할 겁니다.

가족이 없었다면 책 한 권을 어찌 채웠을까 싶을 만큼 다양하고 사소한 가족에 대한 이야기를 책에 담으며 지금껏 꾸역꾸역, 때로 아슬아슬하게 글을 이어오고 있습니다.

가족 예능 〈슈퍼맨이 돌아왔다〉를 보면 마땅히 굵직한 활동이 없던 연예인들이 부모를 잘 빼다 닮은 인형 같은 아이 덕에 화제를 일으키며 방송 활동에 활기를 찾는 모습을 봅니다. 제 시아버지는 아들 둘과 함께 우유 광고에 등장하는 샘 해밍턴을 볼 때마다 저기 저 사람은 아들들 덕에 먹고산다며 껄껄 웃으십니다만 '아버님의 큰 며느리도 아들들 덕에 먹고사는 사람입니다.'라는 말이 금방이라도 튀어나오려 합니다. 버는 액수가 달라서 한참 달라보여 저와 샘 해밍턴을 연결하지 못하시는 모양입니다만 따지고 보면 그나 나나 아들들 아니었으면 먹고살기 쉽지 않았습니다.

함께 보낸 긴 시간만큼 추억도 할 말도 많은 게 가족입니다. 뭐라도 좋으니 가족의 일을 글로 써보세요. 나와 우리 가족이 겪은 일은 세상에서 오직 우리 가족만이 쓸 수 있는 이야기이며, 가족 중 누군가가 그 일을 먼저 글로 썼을 가능성은 희박하기 때문에 그 가치가 높습니다.

나는 나의 과거와 가족에 대한 추억,
현재의 삶 등 여러 가지를 생각한다.
나는 그런 기억에 빠져 거기에서 글을 이끌어낸다.
- 시바타 도요

사진을 글로 쓰세요
- - - - - - - - - - - - - - - - - - -

핸드폰 약정에 대한 계약서를 작성할 때 약속한 항목이라도 되는 듯 우리는 거의 매일 스마트폰으로 사진을 찍습니다. 찍어댄다는 표현이 더 어울리지 않을까 싶을 정도입니다. 예쁘거나, 귀엽거나, 멋지거나, 맛있어 보이거나, 근사해 보이거나, 자랑하고 싶거나, 황당하거나, 놀랍거나 어이 없는 순간을 만나면 시키지 않아도 카메라를 들이대며 자발적 사진 찍기의 일상을 살아갑니다.

저도 다르지 않습니다. 맛집에 가서 음식이 나오면 잠깐만, 을 외치며 사진을 남기는 열정을 쏟고, 벌겋게 넘어가는 노을을 발견하면 기어이 핸들을 꺾고 비상등을 켜놓고라도 사진으로 남겨야 직성이 풀립니다. 꽃이 예쁜 공간에 가면 제대로 한 장 남기고 싶어 수십 장이 넘는 사진을 찍어 한두 장을 간신히 건지고, 색다른 장소에 도착하면 사진부터 찍느라 주변에 뭐가 있었는지 기억이 희미합니다.

어이가 없는 건, 그렇게 열심히 찍은 사진을 어딘가에 꼭꼭 박아둔다는 점이죠. 무엇을 위해 그리도 열심히 찍었는지 알 수가 없습니다. 다시 열어보며 흐뭇해하는 사진은 열에 한두 장 될까요. 대부분 그대로 스마트폰에 고이 저장되어 있다가 이따금 컴퓨터로 옮겨졌다가 저장한 폴더를 잃어버리거나 스마트폰을 통째로 잃어버리거나 물에 빠뜨리는 난리를 치르며 그토록 열심히 찍었던 사진들과의 인연을 정리합니다. 저는 10년 넘게 이러고 삽니다.

어차피 지워질 사진, 제대로 못 남길 사진이면 글로라도 남겨보는 건 어떨까요. 사진을 한 장 골라 설명하든 추억하든 느끼든 떠올리든 화풀이하든 아쉬워하든 뭐라도 해보세요. 뭐 이런 사소한 이야기를 쓰는 거야, 라는 생각이 들었다면 잘 쓴 겁니다.

사소할수록 반드시 잘 쓰게 됩니다.

오늘의 글쓰기 과제는요

휴가 중에 먹었던 다양한 음식 중 한 가지를 골라 그 음식을 먹었던 장소, 상황, 맛, 가격, 반응, 분위기 등에 대해 자세히 써보세요. 해외의 멋진 휴양지가 아니면 어떤가요. 제가 가장 사랑하는 여행지의 메뉴는 강원도 봉평 초입에 있는 한 닭집의 닭강정(순살, 순한 맛)인데, 외국에 나가도 생각나고, 근처에 갈 때도 생각나고, 이 원고를 최종 교정하고 있는 지금도 생각납니다.

여행지, 휴가지에서만 느낄 수 있는 싱싱하고 들뜬 기분을 떠올리며 기분 좋은 글쓰기를 시작해보기로 해요. 여러분은 어떤 음식에 꽂혀 있나요?

 그래서 오늘의 첫 문장은요

지난 휴가지는 오랜만에 찾은 제주였다. 설레는 마음으로 도착하자마자 찾은 매장은 오메기떡으로 유명한 곳. 그렇다. 나는 식사보다 디저트를 중요시 여기는 사람이다.

18강 ——————— 글감을 담아두세요

영 아닌 소재는 없소.
내용만 진실되다면, 문장이 간결하고 꾸밈없다면.
– 우디 앨런

잠시 초등학교 시절로 다녀와봅시다. 함께 출발하시죠.

그 시절의 선생님은 왜 그렇게도 엄했는지, 뭔 놈의 일기를 하루도 안 빠지고 매일 써야만 했는지 글쓰기 훈련소에 다녔던 게 아닌가 싶습니다.

졸음이 몰려오는 늦은 저녁, 일기장을 펼쳐놓고 턱을 괸 채 던지는 질문이 있습니다.

"오늘 뭐 써?"

다시 말해 '오늘 일기의 주제를 정해 달라'는 의미입니다.

글감은 달리 말하면 '에피소드', '글로 쓸 만한 거리'입니다. 라디오에서 소개되는 '사연', 초등학생 일기 속의 '오늘

있었던 일', 수필가의 '지난 삶의 일화', 드라마 속 주인공이 애인과 벌이는 '사랑과 갈등의 주요 사건', 영화 속 '주요 장면', 인터넷 기사의 '제목' 등이 '글감'이에요.

글을 쓸 때마다 글감을 고민하던 시절이 제게도 있었습니다. 이리저리 고르고 재느라 30분이 훌쩍 가버린 날도 많았죠. 밥 먹고 하는 일이 글 써내는 일인 저에게도 '무엇에 대해 쓸 것인가'는 언제나 어려운 숙제입니다. 누가 글감을 딱 정해주면 좋겠다는 생각이 들 때도 있었는데요, 경력이라는 게 참 대단한 놈이더군요.

매일 쓰기로 결심을 했고, 채우기로 약속한 분량도 있으니 어서 글감을 떠올려 쓰기 시작해야 하는데 '무엇에 대해 쓸지'를 고민하는 시간이 너무 싫었어요. 그래서 꾀를 부리기 시작했습니다. 틈만 나면 글감을 모아두는 거예요. 백 원짜리가 바닥에 돌아다닐 땐 없어도 그만인 하찮은 돈이지만 눈에 띌 때마다 저금통에 주워 담아놓았다면 얘기는 많이 달라집니다. 다람쥐가 겨우내 먹을 도토리를 부지런히 주워 나르듯 떠오른 글감을 그냥 두지 않고 담기 시작했어요. 스마트폰의 메모장에는 주제별로 정리된 메모가 정렬되어 있고, 주제와 어울리는 적절한 글감을 찾을 때마다 잊지 않고 그곳에 주워다 날랐어요. 글감이 하나둘일 때는 적어놓았다는 사실도 잊을 만큼 존재감 없는 것들이었는데 이제는 복리 이자처럼 불어나 이 많은 것 중 무엇을 먼저 쓸까를 고민해야 하는 지경이 되었습니다.

공무원이 프리랜서로 변신하는 과정은 실로 경이로운 일이었어요. 모든 것이 너무 달라졌거든요. 출근 시간 한번 어기지 않던 성실한 담임 교사이던 저는 어느새 종일 로봇처럼 키보드를 두드려 대다가 영문 모르게 혼자 실실 웃고, 그러다 돌변하여 한숨을 푹푹 쉬는 이상한 노동자가 되었습니다. 이런 심각한 감정의 기복은 모두, 주머니 속에 모아둔 글감을 얼마나 적절히 꺼내어 글을 완성했느냐에 달렸습니다. 글감 제대로 잡아 글 한 편이 뚝딱 술술 풀려버린 날이면 세상에 없는 서글서글하고 친절하고 성격 좋은 아줌마였다가, 마음처럼 뚝딱 써지지 않고 예상했던 글감이 주제와 맞지 않아 결국 엮어내지 못해 고전한 날은 예민하고 까칠하고 무거운 회색 인간이 됩니다.

저의 이런 기쁨슬픔증(조울증의 북한 사투리)에 장단 맞추기 힘들어하는 가족을 위해서라도 더욱 부지런히 글감을 찾아 나르고 있습니다. 그렇다면 글감은 어디서 어떻게 주워 담는 걸까요?

무엇이든 쓸 수 있어요

뭐든 글이 될 수 있지만 그렇다고 모든 글감이 괜찮은 글을 보장하는 건 아니에요.

예를 들어 길을 걷다가 갑작스럽게 소나기를 만났다고 해볼게요. (누구나 경험했을 법한 갑작스러워 보이는 소재를 찾기 위해 식상한 예를 들어봅니다.) 똑같이 비를 맞고 당황스러운 경험을 했지만 그 일을 통해 전혀 다른 글감을 얻을 수 있어요. 그게 글쓰기의 매력이죠. 누구도 그 일을 어떤 식으로 반드시 써보라고 하지 않거든요.

갑작스러운 비를 만난 날은 누구든 조금은 당황하고, 그 날에는 평소와는 좀 다른 일이 일어날 가능성이 높아요. (이 제는 비나 눈이 너무 많이 오면 글감을 줍게 되기를 기대하는 정말 이상한 사람이 되어버렸습니다.)

저는 어느 날 신고 나갔던 샌들이 비에 젖어 축축해지더니 그만 훅 끊어져버려 길 한복판에서 오도 가도 못한 적이 있어요. 또 흰 티셔츠를 입고 나갔다가 소나기를 만나 속이 훤히 비치는 시스루룩을 연출해버린 적도 있고, 마당에 있던 손바닥보다 훨씬 긴 지렁이를 제대로 밟아 터뜨린 적도 있어요. 그때의 물컹하고 미칠 것 같은 생생한 느낌은 소나기가 내린 날만의 도토리가 될 수 있습니다.

경험만 글감이 되는 건 아니에요.

어떤 상황을 만나 순간 떠오른 생각도 굉장히 근사한 글
감이 될 수 있어요. 잦은 비를 보며 지구온난화와 이상 기후
를 걱정하는 환경주의자 흉내를 내볼 수 있고, 우산을 챙겨
나오지 않은 건망증에 대한 걱정스러움도 충분히 풀어낼
만한 글감이 될 수도 있어요. 더 나아가 조기 치매와 노후
문제에 대한 진지한 얘기를 꺼낼 수도 있고, 차 열쇠를 찾지
못해 동동거리던 엄마를 떠올릴 수도 있어요. 비에 젖어 뛰
어가듯 걷는 다급한 상황에서도 비를 핑계로 김치전을 떠
올리는 나의 식탐에 대한 성찰도 멋진 글감이에요. 내리는
비를 보며 가수 '비'를 떠올릴 수도 있고, 그러다 함께 활동
했던 이효리 언니의 부캐 '린다'가 실은 내 영어 이름임을 밝
히고, 그 이름을 사용했던 워킹 홀리데이 시절에 대한 이야
기까지 연결시켜도 괜찮아요. 누가 뭐라 하겠습니까, 내 글
인데요.

당신은 '무엇이든' 쓸 수 있다.

그리고 충분히 잘 쓰기만 한다면

해당 주제에 아예 관심이 없던 독자라도 빠져들 것이다.

– 트레이시 키더

도토리를 어디에 모을까요

생각하고 경험하고 읽고 본 모든 것이 글감이에요. 그래서 저는 수시로 모아요. 산책하다가, 설거지하다가, 책을 읽다가, 영화를 보다가, 우체국에 들러 보험 광고 전단지를 흘 깃 보다가도 주워 담습니다. 글감은 도처에 널려 있고, 무료인 건 확실하지만 모아두어야 내 것입니다.

안 그래도 하루가 얼마나 정신없이 빨리 지나가는지 이건 뭐, 정신 좀 놓고 있으면 사흘 정도는 훅 지나가버리기도 합니다. 그러니 메모는 되도록 간단하게 하세요. 휘리릭 해버릴 수 있게 습관을 만들어두면 바쁘고 정신없는 중에도 기록을 지속할 수 있습니다. 그러다 보면 고맙게도 그중 쓸 만한 몇 가지가 간신히 글이 되고 언젠가 책이 되는 일도 생깁니다.

욕심을 버리면 메모가 즐거워져요. 메모하는 습관을 들이려다 실패한 사람의 공통점 중 하나는, 메모해둔 것들을 빠짐없이 언젠가 제대로 써먹게 될 거라 기대한다는 거예요. 절반만 건져도 성공이라는 마음으로 일단 적어두세요. 메모해둔 것들이 모두 글이 되고 책이 되는 일은 무라카미 하루키에게도 일어나지 않습니다. 뭐 이런 것까지 글로 썼을까 싶은 하루키의 에세이를 읽으며, 그의 메모장이 궁금해졌습니다. 그 메모장에는 보나 마나 더 어이없고 하찮아 보이는 글감들이 그득할 거라 짐작해봅니다.

그러니 되도록 간단하게, 아니면 말고 식의 담담한 마음으로 적으세요. 있었던 일을 간단히 적고, 거기서 뭘 느꼈는지 이 일이 어떤 식의 글로 발전할 수 있을지를 간신히 알아볼 수 있는 짧은 메모도 충분하다는 의미입니다. (그러다 가끔은 저도 못 알아볼 때가 있지만) 매사에 지나치게 정성을 쏟으면 얼마 못 갑니다. 저는 지금껏 대략 해도 좋으니 하기로 한 건 하자, 라는 철학으로 근근이 살고 있습니다. 이렇게 사는 것도 나쁘지 않네요.

도토리가 알아서 굴러오는 날
- -

쓰지 않던 뇌가 '쓰는 뇌'가 되면서 신기한 일이 일어나기 시작할 거예요. 도토리가 또르르 굴러와 도토리 모아놓은 곳에 콕 박히는 횡재. 어떻게 풀어내어도 그럴듯해 보일 만한 괜찮은 글감이 또렷하게 정리되어 떠오르는 횡재. 올해 대운이 드는 걸까요? 천만에요. 운이 좋았던 게 아니라 실력이에요. 이런 일은 결코 우연히 일어나지 않거든요. 쓰기를 지속하면서 글감 찾는 연습을 하다 보면 애써 기다리지 않아도 이런 작가스러운(?) 날이 옵니다. 보거나 읽는 일에 사용되던 뇌가 드디어 서서히 '쓰는 뇌'로 바뀌고 있다는 확실한 신호이기도 해요.

굴러들어온 글감은 그간의 부단한 노력의 증거이니 머리 한 번 쓰다듬어주세요. 아직 나의 '쓰는 뇌'의 움직임을 경험해보지 못했다면 더 쓰세요. 계속 쓰세요. 써야 바뀌고, 쓰면 바뀝니다.

굳이 무언가를 읽거나 듣지 않아도 (쓸 것이) 생각나요.
길을 가다가 생각이 나요. 운전하다가 생각이 나요.
그렇게 글을 쓸 것들이 생각나는 삶은 기분이 좋고 행복해요.
스스로 고양되고 성숙해지고
잘하고 있는 것 같은 느낌이 들어요.
그럴 때마다 정신없이 글을 쓰고 블로그에 올려요.

이런 생활 자체가 행복한 삶이 아닐까요?

— 강원국,《대통령의 글쓰기》메디치미디어

굳이 노력을 기울이지 않아도 쓸 것이 툭툭 튀어나오는 일상을 경험할 때까지 근근이 계속 쓰면 좋겠습니다. 오늘은 뭘 쓰지, 라는 고민을 할 것도 없이 알아서 마구 걸려들고 발에 채이는 '쓸 것'들을 그저 기록하는 것만으로도 뚝딱, 하는 오늘의 글쓰기가 완성되었으면 합니다. 점점 더 자주 이런 일이 일어날 거라는 것에 제 새로 산 마우스와 키보드 세트를 걸겠습니다.

오늘의 글쓰기 과제는요

뭐 이런 것도 글이 되나, 싶은 글감을 찾아 나열해보는 게 오늘의 과제입니다. 도토리를 주워 담는 일이 시작되는 거예요. 제 도토리 주머니부터 공개할까요? 실제로 방금 열어 한 글자도 안 고치고 그대로 베껴 적은 스마트폰 메모장 속 도토리들이랍니다.

오늘은 첫 문장 없습니다. 이렇게 도토리를 모아주세요.

- 〈멜로가 체질〉 감독, 작가

- 임경선 작가 흉내 내기

- 출판사 편집자이자 워킹맘에 대한 단상

- 캐나다 교육청 담당자

- 피드백의 전문가

- 폐업과 우울증의 공통점

- 미팅은 한 시간만

19강 ——————— 단어를 모아두세요

> 깨어 있는 내내 단어를 생각하라.
> 시각예술을 하고 싶다면 색과 디자인에 집중해야 하는 것과 같은 이치다.
> 음악이라면 음조와 리듬에, 운동선수라면 속도와 몸 상체에
> 신경 써야 하는 것과 마찬가지다.
> – 자크 바전

단어의 매력을 아세요? 같은 뜻이라도 어떤 단어를 쓰느냐에 따라 그 문장, 나아가 글 전체에서 풍기는 분위기가 달라집니다. 이번에는 그런 단어를 찾아 떠나봅시다.

툭, 하고 떨어진 단어 하나가 오후 내내 마음에서 떠나지 않을 때가 있어요. 잠시라도 멈춰 세우는 단어, 한 번 더 생각하게 만드는 단어, 빤히 알고 있었지만 글로 적어본 적 없는 단어가 가져오는 묘한 매력이 있어요. 문장을 색다르게 만들고, 문단에 생기를 줍니다. 쓰는 이를 뿌듯하게 하고, 읽는 이를 생각하게 만들죠.

단어 수집 생활
- - - - - - - - - - - - - - -

그래서 저는 글감에 이어 단어(명사, 형용사, 부사 가리지 않고)를 모아요. (모으는 거 좋아합니다. 돈도 좀 모였으면.)

좋아하는 이유미 작가의 책 중에 《문장 수집 생활》이라는 독특한 제목의 책이 있는데요, 제목을 슬그머니 빌려보자면 저는 '단어 수집 생활' 중입니다. 글감을 모아두는 일이 제가 글쓰기를 지속하게 하는 동력이라면 단어를 모아두는 일은 조금이라도 더 잘 쓴 글로 만들어주는 윤활유 같은 거예요. 주로는 읽던 책에서 발견하고 챙겨두지만 종종 간판, 게시판, 가정통신문, 신문, 유튜브 영상의 썸네일에서도 주섬주섬 챙겨둡니다. 제가 발견한 저의 단어를 소개해볼게요.

고작, 기분, 나풀거리게, 어지간하면, 난쟁이, 별스럽게, 까치발, 육포, 가을 구름, 낯설게, 되도록, 짜부라진, 부자유스러운, 양상추, 싱글거리며, 이순신 장군, 적당한 변명, 뭐 그다지, 멍청이, 천연덕스럽게, 어쩐지, 묘수, 기예, 곤경, 숫제, 풍미.

이 단어들 중에서 '가까스로, 넉넉하지 않게, 애쓰며'라는 의미로 쓰이는 '까치발'을 사용해 다음 문장을 조금 고쳐볼 게요.

나는 부동산 시장에 관해서는 여전히 문외한이다.
→ 오늘도 나는 부동산 시장의 벽에 기대어 까치발로 기웃거리고 있다.

평범한 문장에 생기가 돌기 시작합니다. 전문적인 지식이 없는 사람을 뜻하는 단어가 누구나 예상했던 '문외한'이 아니라 '까치발'이라면, 뭐라고 할 작정인지 어디 한 번 끝까지 읽어 보고 싶은 마음이 들지 않겠습니까? 대단하지는 않은데, 평범하지도 않은. 탁월하게 잘 썼다고 하긴 충분치 않지만, 그렇다고 전혀 아닌 것만도 아닌. 글 좀 쓰는 것 같은 우쭐한 느낌이 들게 하는 차이는 단어에서 시작되더라고요.

'신은 디테일에 있다'라는 말을 하곤 하죠? 아주 작은 변화, 작은 시도만으로 눈에 띄는 대단한 성과를 얻을 수도 있다는 거죠. 디테일에 있다는 그 신, 글쓰기의 신을 만나려면 글쓰기 디테일의 최전선인 '단어'에 집중해보세요. 어제 썼던 글을 꺼내, 몇 개의 단어를 골라 같거나 비슷한 다른 단어로 바꿔보세요. 문장의 느낌, 글 전체의 느낌이 확실히 새로워진다는 걸 알아차릴 수 있을 거예요.

단번에 좋아지는 글은 없지만, 매일 조금씩 괜찮아지는 글은 있습니다. 웅크렸다가 단숨에 뛰어오르지 않는 나를 보며 무너지는 것보다 훨씬 쉬운 일은 오늘 쓴 글 중 마음에 드는 딱 한 문장을 건져내는 것, 이전에 쓴 적 없던 낯설고 매력적인 단어 하나를 넣어놓고 흐뭇해하는 것입니다.

쉬운 단어 생활

군이 어려운 단어, 긴 단어, 한자어로 된 단어를 갖다 쓸 필요가 없어요. 똑똑해보이고 싶다면 오히려 쉬운 단어를 써서 그 상황이 그려지도록 자세히 설명해야 해요. 쉽게 설명하는 게 어렵고, 어렵게 설명하는 일은 쉽습니다. 우리는 그 어려운 '쉽게 설명하는 일'을 하려는 겁니다.

한자어는 우리말로 바꾸세요. 바꿀 수 있는 우리말을 찾아내 입에 붙는 말들을 찾아다 놓아보세요. 작은 노력이 글을 훨씬 더 생기 넘치게 만들어준다는 사실을 실감하게 될 거예요.

오늘의 글쓰기 과제는요

나만의 단어를 찾아 나열해보는 게 오늘의 과제입니다. 단어라는 도토리를 주워 담는 일이 시작되는 거예요. 제 단어 도토리 주머니부터 공개할까요? 실제로 방금 열어 한 글자도 안 고치고 그대로 베껴 적은 스마트폰 메모장 속 도토리들이랍니다.

내 글에 꼭 한 번 넣어보고 싶은 나만의 단어 도토리를 모아주세요.

고작, 기분, 나풀거리게, 어지간하면, 난쟁이, 별스럽게, 까치발, 육포, 가을 구름, 낯설게, 되도록, 짜부라진, 부자유스러운, 양상추, 싱글거리며, 이순신 장군, 적당한 변명, 뭐 그다지, 멍청이, 천연덕스럽게, 어쩐지, 묘수, 기예, 곤경, 숫제, 풍미…

20강 ——————— 문장을 수집하세요

> 따라 하기와 흉내 내기를 충분히 한 다음에야 비로소
> 나만의 것이 탄생할 수 있다.
> – 이유미, 《문장수집생활》21세기북스

앞서 말씀드린 《문장 수집 생활》이라는 책은 글쓰기를 시작하려는 사람이라면 꼭 읽어봤으면 하는 책이에요. 작가의 섬세한 관찰력과 씩 웃게 만드는 위트에 놀라고, 이걸 가지고 이렇게도 쓸 수 있구나 싶어 재미납니다. 저자 이유미 작가는 책을 읽다 발견한 문장을 수집해두었다가 그걸 광고용 카피로 활용하시더라고요. (이유미 작가의 직업은 카피라이터였어요.)

이런 똑똑한 경우를 봤나 싶었어요. 수년간의 업무 경험에서 생겨난 탁월한 능력은 역시나 디테일에 있었답니다. 책 속, 영화 속, 드라마 속에 등장하는 일상의 문장을 그냥

지나치지 않고 차곡차곡 나만의 서랍에 넣어두었다가 하나씩 꺼내 쓰는 거죠, 와! 그것들도 공짜니까 지체 없이 하나씩 흉내 내보겠습니다.

드라마 대사 모으기

문장을 책에서만 모아야 한다면 몇 줄 못 모아요. 그럴 만큼 많은 양을 읽지 못하고 살잖아요, 우리. 그러니 현실적인 대안을 찾아야 해요. 어디서 뭐라도 수집해야 한다면 드라마는 어떤가요?

저는 넷플릭스에서 종영 드라마를 한 편씩 꺼내 정주행하는 취미가 있어요. 〈사랑의 불시착〉〈아는 와이프〉〈슬기로운 감빵생활〉〈청춘기록〉〈멜로가 체질〉〈스카이 캐슬〉〈김비서가 왜 그럴까〉〈응답하라 시리즈〉 등입니다. 쓰고 보니 너무 많네요. 그렇다 치고. 집에 텔레비전이 없어 본방송은 못 보고 살지만 아쉽지 않습니다. 시간 날 때 언제든 들어가 틈나는 만큼 보고는 시치미 뚝 떼고 닫고 나오면 되니 여러모로 제 상황에 딱입니다.

글 쓴다는 작가 양반이 드라마 볼 시간이 어디 있냐고 할 수도 있겠지만, 저는 넷플릭스에는 제법 관대한 편입니다. 굳이 분류하자면 건설적이지도 발전적이지도 않은 일에 시간을 허비했다고 생각할 수도 있겠지만 한편으로는 그냥 흘려버릴 자투리 시간을 알뜰하게 드라마 정주행에 쓴 거잖아요. 이렇게 나를 토닥입니다. 그 누구보다 나에게는 관대하게요. 주말도 방학도 없이 언제나 머릿속이 복잡한 프리랜서가 정상적인 맥박의 숨을 쉬며 일상을 지탱하기 위해서는 넷플릭스의 틈이 필요합니다. 변명이 길었네요.

사실 드라마 정주행의 진짜 쏠쏠한 재미는 그 속에서 건진 탱글탱글한 문장들입니다. 드라마의 명대사들은 오랜 시간 여러 곳에서 회자되고 SNS를 통해 퍼져 나가는 경우가 잦습니다. 그저 하나의 아이디어, 에피소드로 시작되었을 이야기가 드라마로 만들어지기까지 얼마나 많은 이들이 매달려 땀나게 쓰고 고치기를 반복했을까요. 그 사실만으로도 드라마 대사는 한 번 듣고 지나치기엔 너무 아깝습니다. 드라마 〈청춘기록〉의 대본집은 구매하기까지 했습니다. (대사 수집보다는 팬심에 가까운 소비였지만요.)
최근에 정주행한 드라마는 〈멜로가 체질〉이에요. 드라마는 '봤다'고 하면 안 되고, '달렸다'고 해야 해요. '본' 드라마와 '달린' 드라마는 같은 의미가 아니에요. 제가 마음 주고 제대로 '달린' 드라마에서는 여지없이 다이어리가 빽빽하도록 문장들이 남습니다. 제대로 몰입했다는 증거죠. 생각만 해도 흐뭇해지는 남자 주인공 쳐다보기도 바쁜 와중에 기어이 건져낸 문장이라면 기필코 제대로 흉내 내고 싶고, 마음에 담아두고 싶고, 나중에 제 책 어딘가에 인용하고 싶은 문장이라는 거예요. 제가 모아둔 문장들을 살짝 소개해봅니다.

우리 나이에 안 한다는 말, 더 신중히 해야 되는 거 아닌가?
기회라는 게 그렇잖아? 주름이 다 뺏어가.

난 택배 받는 것도 좋아하고, 식당에서 메뉴판 보는 것도 좋아하는데 그거랑은 비교도 안 될 정도로 이 일이 좋아요. 무엇보다 소중한 이 일을 작가님과 하고 싶다는 거예요.

부럽다.
뭐가요?
누가 봐도 유치한데 그런 유치한 짓을 이렇게 거리낌 없이 하며 살아갈 수 있다는 게. 그 자신감. 나도 빨리 성공해서 유치하게 살고 싶다.

노력해서 얻은 게 그 정도뿐이라는 걸 예상하지 못했듯이 가만히 있는데 예상치 못한 명품 가방이 떨어질지도 모를 일이죠. 어차피 이상한 세상인데,

한 번쯤 낮은 가능성에 기대를 걸어보는 것.

– 드라마 〈멜로가 체질〉

뭐든 일단 모아두기

그뿐인가요. 영화 대사도 적어두고, 책에 밑줄도 그어놓고, 뉴스를 보다가도 끄적입니다. 시상식을 보다가 수상 소감을 받아 적는 상당히 귀찮고 별것 아니게 보이는 일을 하기도 하고요. (기억하고 싶어질 만큼 괜찮은 수상 소감은 여지없이 다음 날 오전, 포털 기사로 토씨 하나 틀리지 않고 소개되긴 합니다.) 이런 상황들을 한 발짝 떨어져 조금만 달리 생각하면, 고작 귀찮음만 감당하면 된다는 의미입니다.

사실 우리 삶의 모습이 귀찮음을 얼마나 감당하느냐 마느냐로 그 색깔이 조금씩 또렷하게 달라지는 게 아닌가 하는 생각을 종종 합니다. 귀찮지만 이겨내느냐, 귀찮다고 말

아버리느냐의 문제라는 거죠.

그러니 오늘부터는 귀찮음을 무릅쓰고 문장 모으기를 시작하세요.

유난히 나만의 문장을 써내고 만들어내기 힘겨운 날이 있어요. 글 한 줄도 써지지 않는 날이 분명히 있습니다. 자책하지 말고, 중단하지도 말고 문장을 건지는 것으로 오늘의 미안한 글쓰기를 대신하세요. 이렇게라도 쓰기를 지속하세요. 자기 전에 봤던 드라마 속 대사 한 마디, 유튜브 영상 속 자막 한 줄, 예능 프로의 맞장구라도 담아두면 됩니다. 쓰기로 했으니까요. 쓰는 사람으로 살기로 했으니까요.

이렇게 매일 뭐라도 쓰기 시작하면서 차츰 글 쓰는 습관이 자리 잡히고, 글 쓰는 근육이 단단하게 붙기 시작했다면 이제는 스스로 괜찮은 문장을 만들어내는 일에 욕심내봅시다. 내가 쓴 모든 글에 정신이 번쩍 들게 만드는 문장이 있을 수는 없지만, 몇 페이지에 하나쯤은 나왔으면 합니다. 줄을 긋게 만들고 사진 찍게 만들고 옮겨 적게 만드는 그런 문장 말이죠.

대체 그런 문장은 어떻게 쓰는 거냐고요?

그런 문장을 되도록 많이 모아두세요. 잘 쓰고 싶은 바람만큼 더 많이 모아두세요. 언제나 그렇듯 글쓰기도 시작은 모방이고, 시작은 초라합니다.

아무튼 독자가 간단히 읽고 넘어갈 문장을 쓰면
안 된다는 거죠.
정신이 번쩍 들게 만드는 문장으로만 채울 필요는 없지만,
몇 페이지에 하나쯤은 넣어줘야 해요.
아니면 독자가 좀처럼 따라와 주지 않아요.

– 무라카미 하루키

드라마, 영화 속 명대사를 찾아 나열해보는 게 오늘의 과제입니다. 문장 도토리를 주워 담는 일이 시작되는 거예요. 책 속 문장도 좋고, 시골에 계시는 할머니의 잔소리도 좋습니다.

지금 당장 떠오르는 문장이 없을 거예요. 이런 걸 외우고 살지는 않으니까요. 대사를 건지기 위해 드라마를 다시 훑어야 하나 싶지만 그럴 필요가 없어요. 돌아서면 까먹어버리는 우리를 위해 네이버와 다음이 있거든요.

재미있게 봤던 드라마를 선택해 '드라마 제목 + 명대사'라는 형식의 검색어를 넣으면 전국 곳곳의 친절한 블로거들이 가지런히 정리해둔 명대사가 그 장면의 사진과 함께 보일 거예요. 그중에서 눈에 띄는 몇 개만 골라도 오늘 과제 완성입니다. 얼른 끝내고 푹 주무세요.

21강 ——————— 나만이
할 수 있는 이야기

당신만이 전할 수 있는 이야기를 써라.
당신보다 더 똑똑하고 우수한 작가들이 많다.
— 닐 게이먼

글은 나라는 사람을 표현하는 최고의 방법입니다.

그게 생각이든 경험이든 감상이든 느낌이든 정보든 충고
든 제안이든 경고든 말이죠.

내 안의 보이지 않던 어떤 것들은 글이라는 구체적인 형
태로 창조하고, 고치고, 정리하는 과정을 거쳐 비로소 쓸 만
한 것, 읽을 만한 것, 공유할 만한 것, 기억할 만한 것, 구입
할 만한 것, 저장할 만한 것으로 완성됩니다. (혹시 쓸 만한
것, 읽을 만한 것, 공유할 만한 것, 기억할 만한 것, 구입할 만한 것,
저장할 만한 것이 아니라도 괜찮습니다. 글의 형태를 가진 모든 것
은 그 자체로 이미 유의미합니다.)

현지 주민들만 알고 있는 기가 막힌 해운대 맛집을 일일이 알려주려면 아무리 많아도 스무 명 이상에게 전달하기 어렵지만 사진, 설명, 주소, 후기 등을 포스팅의 형태로 블로그에 공유한다면 한글을 알고 해운대를 궁금해하는 누구에게든 닿을 수 있는 전혀 다른 차원의 정보가 됩니다.

글의 위력은 외국의 낯선 도시를 헤매다 보면 새삼 실감하게 됩니다. 이탈리아 피렌체에서 있었던 일이 한 가지 떠오르네요. 소고기 스테이크가 유명한 도시였기에 그냥 지나칠 수 없어 구글 검색창에 영어를 넣어가며 스테이크집을 검색하고 현지 숙소의 매니저에게도 물어보았지만 뾰족한 답을 얻지 못했습니다. 결국 구세주는 네이버였는데, 네이버에 '피렌체 스테이크 맛집' 등의 검색어를 넣고 한참을 뒤지다가 이거다, 하는 느낌이 오는 포스팅을 하나 발견했습니다. 중앙역을 등지고 오른편으로 50미터쯤 걷다 보면 오른편에 나오는 하얀색 간판의 식당에 대한 정성스러운 안내가 담긴 포스팅이었습니다. 아무리 먼 나라 땅이지만 한국 사람이 한글을 읽으며 느끼는 감정은 비슷하다는 걸 식당에 도착해서야 깨달았습니다. 그곳에는 놀랄 만큼 많은 이들이 한국말을 주고받으며 블로그 속 그 스테이크를 즐기고 있었습니다. 그 자리에 있는 모두가 같은 블로그를 보고 오늘 저녁의 메뉴를 정한 것 같은 느낌이 드는 건 기분 탓이었을까요.

몇 달이 지난 작년 겨울, 그 식당에 다녀갔던 어느 한 사람이 남긴 글 한 편이 이토록 오래 많은 이에게 영향을 미칠 수 있다는 사실이 새삼 신기하고 멋져 보였습니다. 글이라는 게 이토록 신기한 것이구나, 나도 블로그인지 뭔지 이런 거 하나 만들어볼까 하는 마음이 들었지만 귀찮아서 관뒀습니다.

이처럼 내가 알고 경험한 모든 것이 내 글이 될 수 있어요. 유럽 여행이나 피렌체 맛집처럼 특별한 장소와 경험이 아니어도 괜찮아요. 내가 겪은 모든 일은 나만이 겪은 고유한 일이기 때문에 그 자체로 충분히 훌륭한 글감이 됩니다.

나에 대한 이야기

쓸 거리가 없어 막막할 땐 내 얘기를 하나씩 꺼내보세요. 괜히 이 사람, 저 사람에 대한 이야기를 쓰려다 머리 아플 것 없이 내 얘기로 직진하는 겁니다.

내 얘기를 글로 쓰는 건 퍽 편리한 일이에요. 글에 등장

시킬 누군가에게 양해를 구할 필요가 없고, 원하는 만큼 얼마든 더 떠올리면서 분량을 조절할 수 있고, 숨기고 싶은 건 철저히 넘겨버리면 되거든요. 세상에서 나라는 사람에 대해 가장 잘 아는 사람이기 때문에 가능한 일이죠.

어느 긴 하루에 대해 써도 되고, 하루 중 어떤 찰나에 대한 짧은 이야기도 가능해요. 경험을 써도 되고, 느낌을 써도 되고, 생각한 것을 써도 모두 나에 대한 이야기입니다. 어린 시절을 떠올려도 되고 바로 오늘 낮에 겪은 일도 좋고 일어나지 않았지만 일어날 것 같은 일과 일어났으면 하는 일에 대한 이야기도 모두 글의 시작이 될 수 있어요.

내가 어떤 사람인지 규정하려 애쓰기보다는 이런 일을 겪었던 사람, 이런 생각을 하는 사람, 이렇게 느끼는 사람이라는 것을 담담히 적어보세요. 쓰다 보면 애써 의도하여 방향을 만들지 않아도 자연스레 어느 방향으로 글이 서서히 기운다는 느낌이 들 거예요. 나에 대한 글은 신기하게도 그렇습니다.

내가 주인공인 글을 내가 쓰는 겁니다. 얼마나 매력적인 주인공으로 만들지는 작가의 손에 달렸죠. 그러기 위해 일단 있었던 일을 떠올리며 언뜻 평범해보이는 이야기 한 편을 써보세요. 그대로 한참 두었다가 일주일 혹은 한 달쯤 지나 다시 꺼내 읽으면서 그 글의 주인공인 나를 멀찍이 서서 바라보세요. 우리가 드라마 속 사랑스러운 여자 주인공을 보며 엄마 미소를 짓는 것처럼 글 속 주인공인 나를 사랑스럽고 다정한 눈으로 봐주세요.

나는 달리 쓸 만한 소재가 없었으므로
나 자신을 주제로 삼았다. – 미셸 드 몽테뉴

비밀을 털어놓는 용기

이제껏 숨겨왔던 비밀을 글 좀 쓰겠다는 이유로 굳이 들춰내 털어놓는 데에는 당연히 용기가 필요합니다. 글을 읽게 될 이들의 반응이 걱정이고 괜히 털어놓았나 싶은 후회도 들겠죠. 그래서 망설이고 있었다면 용기를 드릴 만한 이야기를 하나 하겠습니다.

내가 걱정하는 것보다 훨씬 더 내 주변의 사람들은 내 일에 큰 관심이 없어요. 설령 그게 내 기준에서 실로 엄청난 용기를 요구하는 대단한 비밀이라 할지라도 말이죠. 나에게 애정이나 관심이 없는 게 아니라, 각자의 일상을 각자의 속도와 순서에 맞게 굴리며 사는 게 워낙에 바쁘고 정신없다 보니 그런 거예요. 그게 당연한 거죠. 나도 내 할 일 제대로 하고 내 식구 챙기기 바쁘게 살잖아요. 누가 어땠다는 얘기를 들어도 잠시 놀라긴 하지만 집에 와서 밀린 청소하고 고장 난 세탁기 수리할 방법 찾다 보면 언제 그렇게 놀랐나 싶어질 거예요. 지금 내 관심사는 세탁기를 최대한 빨리 수리하여 밀린 빨래를 해결하는 일이거든요. 다들 그렇게 삽니다.

그러니 오래된 비밀 하나 털어놨다고 세상은 크게 달라지지 않을 거예요. 저는 이렇게 솔직해도 되나 싶은 글을 쓰는 사람입니다. 독자가 저를 걱정해요. 이렇게 솔직해도 괜찮겠냐고 말이죠. '이런 얘기까지, 이런 솔직한 표현까지 써도 별일 없으세요?'라는 걱정스러운 질문을 하기도 합니다.

어느 정도까지 솔직했냐면, 가르치던 6학년 아이에게 발로 차였는데 그 아이를 절대 다시 보고 싶지 않다는 교사로서의 못난 고백을 해버렸고, 특별한 아이를 키우는 특별하고 고달픈 일상도 다 적어버렸고, 우울증에 시달려 헤어 나오지 못했던 결코 유쾌할 리 없는 얘기까지 글로 썼습니다. (이 이야기들은 제 세 번째 책인 《그렇게 초등 엄마가 된다》에 자세히 소개되어 있습니다.) 제법 많은 분이 그 글을 읽고 그중 몇 분이 몇 줄의 후기를 남겨주었지만 그들 중 누구도 책날개에 남겨둔 주소로 메일을 보내 글에서 고백했던 저의 행동을 조목조목 나무라거나 손가락질하지 않았어요. 불쌍하거나 잘해서 그런 게 아니고, 책을 읽고는 후다닥 돌아서서 또 각자의 삶을 힘차게 살아내기 바빠서 그렇습니다. 그게 우리네 사는 모습이에요.

비밀을 앞에 두고는 용기를 내봐도 괜찮습니다. 아무에게라도 말하지 않으리라 생각했던 것들을 툭, 털어놓는 글쓰기의 매력에 빠져보았으면 좋겠습니다. 한 번 빠져버리면 헤어 나오기가 결코 만만치는 않습니다만.

그래서 나는 죽을 때까지 아무에게도 말하지 않으리라고
생각했던 것들을 글로 쓰기 시작했다. – 메이리 차이

나만의 흑역사

오랜만에 가장 좋아하는 작가의 신작이 나오기를 기다려 서둘러 품에 안았습니다. 김영하 작가의 《여행의 이유》입니다. '여행에도 특별한 이유가 있나, 지난 내 여행의 이유는 무엇이었던가'를 떠올리며 나름대로 심오하고 복잡한 심경으로 읽기 시작했습니다. 김영하 작가의 문장 세계에 제대로 빠져보리라, 혼자 야심찼습니다.

그런데 이런, 첫 장부터 뒤통수를 맞았습니다. 그것도 아주 제대로. 기대했던 첫 장의 내용이 김영하 작가가 원고 작업을 위해 한동안 중국에서 머물 작정으로 출국했는데, 여행 비자를 미리 받아두지 않아 현지 공항에서 곧장 한국으로 추방당한 에피소드였던 겁니다. 여행에 대한 고상한 감상과 박학다식한 정보를 읊어대도 기꺼이 기쁨으로 읽겠다는 나름의 각오가 무색해지는 순간이었습니다. 해외여행 처음 가는 사람도 안 할 법한 어처구니없는 실수를 저지른 끝에 중국 공항에서 쫓겨나 인천으로 되돌아온 부끄러운 경험을 굳이 자세히 설명하고 있었습니다.

신선했습니다.

더 정확히는 통쾌했습니다.

나와 조금도 다를 바 없어보이는 허술하고 어설픈 모습을 가감 없이 드러내버린 패기에 반했습니다. 혼자 떠난 여행에서 경유를 위해 들른 낯선 공항에서 배낭 깔고 잠들었다가 너무 깊이 제대로 잠든 바람에 비행기를 놓칠 뻔했던 내 여행의 어설픈 추억이 떠올랐고 그래도 나는 최소한 추방당한 적은 없지 않나, 하는 잠깐의 안도감을 느꼈습니다.

말 나온 김에 제 흑역사 하나 털어보겠습니다. 워낙 흑역사가 많아 어떤 게 좋을지 한참 고민했답니다.

첫째 임신 9개월의 만삭 임산부이던 시절의 이야기입니다. 잘 자고 일어났는데 침대의 이불이 흠뻑 젖어 있었어요. '말로만 듣던 양수가 터진 거구나. 아이가 위험할 수 있으니 신속하게 움직이자.'생각하며 조심스레 짐을 챙겨 병원으로 향했습니다. 근무하던 학교에 전화를 걸어 갑자기 양수가 터져 오늘 중으로 출산을 하게 될 것 같다는 말을 전하며 급하게 출산 휴가를 신청했어요. 여기까지는 참 잘했습니다. 양수 터진 것 치고는 제법 차분하게 처리하는 중이었습니다.

병원에 도착해 사정을 설명하고 서둘러 검사를 시작했습니다. 양수가 터지면 태내 감염 확률이 높아 유도분만을 통해 출산을 시도하는 것이 보통입니다. 나는 아직 엄마가 될 준비가 되지 않았는데, 이렇게나 빨리 아이를 만나게 되다니, 배 속에서 하루라도 더 지내는 게 좋은 시기에 이렇게 빨리 낳게 되어 미안하고 불안했습니다. 언제쯤 환자복으로 갈아입으려나 목을 빼고 기다리는데 복잡한 표정의 간호사 선생님이 진료실로 부릅니다. 분만실로 가야 할 텐데 왜 진료실로 들어오라는 걸까? 들어가 보니 의사 선생님의 표정도 못지않게 복잡해보였습니다.

"양수가 아닙니다. 양수는 터지지 않았습니다. 아이와 산모 모두에게 아무 문제 없으니 댁으로 돌아가시면 됩니다."

"네? 양수가 아니라고요? 그럴 리가요. 양수가 터진 게 아니라면 왜 제 침대가 그렇게 흠뻑 젖어 있었던 거예요? 분명히 덮었던 이불, 깔았던 이불이 모두 흠뻑 젖어 있었다니까요."

의사 선생님은 제 눈을 피하며 답을 하지 않은 채 묵묵히 모니터만 응시했습니다. 상황을 눈치챈 남편은 출산을 위해 싸 들고 온 짐을 다시 챙겨 들고 나를 끌고 나왔습니다. 그때까지도 상황 파악이 되지 않은 나는 배 속 아이 걱정을 했습니다.

자랑할 일은 아니지만 숨길 일도 아닌 일이 하나 있는데, 어른이 되어서도 가끔, 일 년에 한 번 정도, 그러니까 그 해가 돌아올 때쯤 오줌을 쌉니다. 적어도 2020년도까지는 계속 그렇습니다. 없는 살림에 어리고 아픈 아이들 키우느라 툭하면 싸움을 해대던 우리 부부지만 해마다 그날이 되면 말없이 이불을 걷어 처리해주는 남편을 보면 그간의 서운함이 다 녹습니다.

글은 '신비주의'보다 '솔직주의'로 썼을 때
통하는 경우가 많다. 내 마음을 닫아놓고
상대가 내 마음을 읽어주길 기다리는 것보다,
마음을 전부 다 털어놓고 상대가 나를 공감해주길
바라는 쪽이 빠르다.
슬쩍 한마디 더 보태면 의외로 '나만의 흑역사'라
생각했던 일도 '우리들의 흑역사'인 경우가 부지기수다.
괜찮다는 말보다, 힘내라는 말보다
나와 비슷한 흑역사를 가진 사람이 있다는 것을
알게 되는 게 백배 천배 더 위로된다.

- 이하루, 《내 하루도 에세이가 될까요?》 상상출판

오늘의 글쓰기 과제는요

이제 본문을 읽고 나면 오늘의 글쓰기 과제를 짐작할 수 있을 정도의 내공이 쌓였으리라 생각합니다. 맞아요, 오늘의 글쓰기 과제는 '나'에 대한 이야기예요. 숨겨왔던 비밀을 공개해도 좋고, 나만의 흑역사를 자세히 써봐도 좋아요. 저는 이미 공개했으니 이번엔 참겠습니다.

최악의 흑역사를 꺼내는 게 부담스럽다면 그중 좀 덜한 것으로 수위 조절을 하는 것도 편하게 쓰는 방법이에요. 흑역사를 다섯 개 정도 떠올리고, 그중 가장 약하다 싶은 놈으로 하나 골라 오늘의 글쓰기를 시작해보기로 해요. 눈치채셨겠지만 제가 공개한 흑역사도 다섯 개 중 가장 약한 놈입니다.

그래서 오늘의 첫 문장은요

그날을 생각하면 지금도 창피해 어디론가 숨고 싶어진다. 어쩌자고 그런 바보 같은 일을 저질렀는지 이해가 되질 않는다.

22강 ——————

도움이 되는 글을 쓰세요

위대한 글은
(기발한 글도 뛰어난 글도 아닌,
그리고 가장 오해의 소지가 많은 아름다운 글도 아닌)
세상에 도움이 되는 글이다.
− 로저 고젠블렛

'뭐가 됐든 도움이 되는 글을 쓰자'는 것이 책이 될 글을 쓰는 저의 다짐입니다.

작가로서가 아니라 독자로서 냉정히 돌아보고 내린 결론이니 크게 어긋나지 않을 것입니다. 그 좋아하는 드라마 보는 일까지 미루어가며 남이 쓴 글을 애써 찾아 읽는 나에게 무엇을 위해 읽는가를 스스로 물어보았습니다.

얻고 싶어서입니다. 뭐든 얻고 싶어서.

나한테 없는 것을 책을 통해 얻고 싶어서 그렇게도 부지런히 읽고 있습니다. 이 책을 통해 내게 없는 뭐든 '건지고 싶다'라는 게 정확한 표현일 겁니다.

닥치고 읽어댈 때면 기대했던 것이든 뜻밖의 것이든 뭐든 하나라도 건지고 싶은 마음이 간절합니다. 정보, 위로, 공감, 재미, 지식, 교양, 상식, 웃음, 생각, 명상, 자랑거리 중 하나 정도는 건지고 나서 책장을 덮기를 바랍니다. 그게 아니라면 굳이 읽을 이유가 없다고 생각합니다.

저와 비슷한 이유로 글을 읽는 사람이라면, 이제 우리는 위와 같은 이유로 써야 합니다. 누군가는 내 글을 통해 뭐라도 좋으니 건져가기를 겨냥해야 합니다. 직접적이든 간접적이든 내 글을 통해 누군가는 무언가를 알게 되고 누군가는 새삼스러운 결심을 하게 되고 또 누군가는 마음이 한없이 풀어지거나 슬며시 따뜻해져야 합니다.

우리는 그런 글을 써야 합니다.

현실 밀착형 글

문장도 그다지, 기획도 썩, 깊이도 체계도 없는 제 글이 점점 더 많은 사랑을 받게 된 건 저만의 필살기 덕분이었습니다. 바로 현실에의 밀착입니다.

저는 멋진 척, 가진 거 많은 척하며 뜬구름을 잡아서는 책을 출간할 수 없었기 때문에 저만의 무기가 필요했어요. 비슷비슷한 주제의 책들 가운데 오직 제 책에서만 얻을 수 있는 무언가가 있어야만 한다는 거죠. 그래야 최소한 저라는 사람과 제 원고를 믿고 책으로 출간해준 출판사에 덜 미안할 수 있을 거라 생각했어요.

비슷한 다른 책들에서 흔히 읽을 수 있는 정보 말고, 디테일에 집중하기 시작했고, 결과는 성공이었어요. 뭐 이런 것까지 담겨 있나 싶을 만큼의 소소한 정보, 현실 밀착형 경험담, 여과되지 않은 솔직한 감정, 성공담 말고 실패담을 담은 책은 쉽게 찾기 어려웠습니다.

물론 깊은 철학을 담은 글도 필요하지만 저처럼 당장 오늘부터 실천에 옮겨볼 만한 글을 쓰는 사람도 있어야 한다고 생각해요. 정신을 풍요롭게 하는 것은 당연하고 본질적인 글의 역할이지만, 당장의 궁금함을 해소해주고 불안함을 진정시켜주는 글도 필요하다고 생각해요. 당장 어떻게 해야 할까에 대한 요령과 방향을 속 시원히 알려주는 글 말이죠.

이것은 유명하지도, 똑똑하지도 않은 제 글을 기꺼이 시간과 돈을 내어 읽어주시는 분들에 대한 저만의 감사 표현이에요. 읽기 잘했다, 이건 한번 따라 해봐야겠다, 좋은 정보를 건졌네, 하는 든든함이라는 선물입니다.

이런 노력을 굳이 말하는 더 솔직한 제 진짜 바람은 따로 있습니다. (야심 드러납니다.)

제가 쓴 글을 읽고 얻은 정보와 깨달음 덕분에 사는 모습이 전보다 조금이라도 나아졌다고 느끼게 된 어떤 사람이 또 다른 책을 찾아 읽고, 그런 모습에 자극을 받은 안 읽던 어떤 사람도 읽기를 시작하고, 원래 좀 읽던 사람은 더 꾸준히 매일 읽다 보니 한 번쯤 쓰고 싶어지고, 그러다 꾸준히 쓰는 사람이 하나둘 늘어나고, 매일 읽고 쓰는 이들을 통해 책이라는 수단으로 소통하고 성장하는 사회가 되는 것입니다. 동시에 저처럼 간절히 바랐던 사람이라면 누구나 이런 읽고 쓰기의 과정을 지나며 지난 글을 묶고 다듬어 한 권의 책으로 만나게 되기를 바랍니다.

야심 하나만 더 드러내자면, 이런 어른, 이런 부모의 등을 보며 자란 아이들이 읽고 쓰는 일상을 편하고, 당연하고, 자연스럽게 느끼고 따라 하게 되기를 진심으로 바라고 응원합니다.

작가에게는 세 가지가 꼭 필요하다.

유의어 사전, 기본적인 문법책, 현실에 대한 이해

- 마가렛 애트우드

마음을 움직이는 글

교육대학교 졸업을 앞두고 학생으로 맞는 마지막 겨울 방학인데 마땅한 아르바이트가 없을까 고민하다가 편의점에서 일하게 되었습니다. 3월 발령을 앞두고 있었기 때문에 정식 일자리는 불가했는데, 마침 2월 14일, 밸런타인데이를 겨냥해 13일, 14일 이틀 동안 편의점 매대 앞에서 페레로 로쉐 초콜릿을 팔게 되었습니다. (아시죠? 엄청 맛있는 그거요.)

밸런타인데이의 분위기를 한껏 살려주느라 눈까지 펑펑 내리던 날, 종일 마이크를 꽂고 매대 가득 쌓인 초콜릿을 힘차게 팔아댔습니다. 역시나 시작은 어설펐습니다. 이런 일이 처음도 아닌데 왜 이렇게 할 때마다 어설픈지요. '달콤한 초콜릿으로 가족과 연인에게 사랑을 표현하라'는 편의점 사장님이 알려준 식상한 멘트로는 어림도 없었습니다. 눈

쌓인 퇴근길을 재촉하느라 한번 돌아보지도 않더군요.

 "어머, 어머니, 남편분께 선물하시려고요?"
 "와, 여자친구분이 정말 예쁘시네요."
 "저도 저희 아빠 선물해 드리려고 바로 여기 있는 이 세
트 사두었어요."
 "제 남자 친구도 잘생겼는데, 잘생긴 남자 친구 있는 게
자랑스러우시죠?"
 "아드님 맞으시죠? 정말 듬직하네요, 초콜릿 받으면 정말
좋아하겠어요."

 멘트는 시간 단위로 진화했고, 수다 떨 듯 쉴 없는 고객
저격용 대화 멘트에 발길을 세우고 지갑을 여는 손님들이
늘어나기 시작했어요. 한참을 지나쳐 가다가 돌아와 사 가
는 분도 여럿 있었고요. 북적거리기 시작하자 더 많은 사람
이 가던 길을 세우고 예쁜 초콜릿을 품에 안고 싱글거리며
밸런타인데이를 즐기기 시작했어요. 그때의 짜릿함이란.
 눈이 펑펑 내리는 2월의 추운 저녁이었고, 종일 서 있느
라 다리와 허리는 뻣뻣했고, 후다닥 챙겨 먹은 점심이 전부
였으니 배도 고팠습니다. 패딩에 부츠까지 덮어쓰고 있었

지만 얼어버린 발가락은 점점 둔해져 갔고, 종일 쉬지 않고 초콜릿 자랑을 늘어놓았더니 목이 컬컬했습니다만 시간이 지날수록 저만의 멘트 적중률은 높아졌습니다.

약속한 이틀이 끝나고 사장님께서 일당을 챙겨주시더니 남자친구 초콜릿 준비했냐며, 팔다 남은 초콜릿을 원하는 만큼 가져다가 남자친구에게 선물하라십니다. 열심히 일해 준 덕분에 매출 엄청 올렸다며, 수고했으니 남자친구랑 즐겁게 데이트하라고요. 일당 받은 것보다 초콜릿 공짜로 얻은 게 좋아서 눈 오는 밤길을 뛰어 돌아왔습니다.

초콜릿 간접 광고가 아니고, 이런 글을 쓰자는 말을 하고 싶은 거예요.

저는 글을 쓸 때, 주제를 정하고 글을 풀어나가기 시작할 때면 눈 오는 저녁, 편의점 앞에 서서 초콜릿 사라고 떠들던 날을 떠올립니다. 어떤 단어를 말했을 때 지나던 연인들의 발걸음이 멈춰 섰는지, 어떤 질문을 던졌을 때 그냥 지나쳐 버렸던 아주머니가 발길을 돌렸는지를 기억하며 마음을 움직일 만한 단어와 문장을 고심합니다. 적중률을 높이기 위해 애를 씁니다.

우리 집 구석진 방에 앉아 얼굴을 묻고 고심하며 쓴 글이 한 번도 본 적 없는 멀리 있는 누군가의 마음을 움직일 수 있다는 게 고맙고 신기할 따름입니다.

오늘의 글쓰기 과제는요

내가 했던 어떤 것 중 정말 괜찮았다 싶은 경험을 하나 들어 그걸 꼭 해보라고 권하는 글을 써보려 합니다. 맛집에 가서 만족하고 온 사람은 거기 한번 꼭 가서 먹어보라고 추천하고, 인생 사진을 건질 수 있는 예쁜 길에서 마음에 쏙 드는 사진을 찍고 온 사람은 이번 주말에 거기에 다녀오라고 힘주어 권합니다. 좋았다고 생각되는 것을 권하는 건 당연하고도 즐거운 일이에요. 그런 즐거운 마음을 글에 녹여볼까요? 이 글을 읽은 누군가가 내가 추천한 그곳에 가서 그 음식을 먹고 그 사진을 찍고 싶은 마음이 들었다면 성공입니다.

그래서 오늘의 첫 문장은요

제가 사는 동네는 시골인데, 정말 시골도 이런 시골이 없습니다. 알려지지 않은 조용한 맛집이 있습니다. 이런 곳을 현지인 맛집이라고 하죠.

23강 ——————— 고쳐 쓰기의 기술

최고의 글쓰기는 고쳐 쓰기다.
— E.B.화이트

    글을 쓰기 시작한 것 때문에 얻게 된 거의 유일한 단점은 서점 나들이가 싫어졌다는 거예요. 서점이라면 자다가도 벌떡 일어나 따라나서는 초등학생이었고, 툭하면 두 아이를 데리고 서점에서 시간을 때우며 긴 하루를 보내던 엄마였는데, 제 책이 나오기 시작하면서는 사정이 좀 달라졌습니다. 정확히는 제 마음이 많이 달라졌어요.

    서점 매대에 올라온 책들을 보면 속이 시끄러운 거예요. 당장 사서 읽고 싶어지는 잘 쓴 책을 보면 반가워야 하는데 속이 상해요. '왜 나는 이런 책을 쓸 생각을 하지 못했는가, 왜 내 문장은 여전히 이보다 못한가, 이 작가는 어떻게 나보다 훨씬 어린 나이에 이토록 심오한 글을 쓸 수 있는 것인가, 여기 이 책보다 내 책이 못한 게 무엇이기에 내 책은 서점 매대에 놓이질 못하는 것인가…' 뭐, 이런 식입니다.

꼬마가 자라면서 사춘기를 지나는 과정은 본인과 가족 모두에게 울퉁불퉁한 시간이지만 자연스러운 성장의 과정입니다. 이 시간 없이는 자기 인생을 살아내는 어른으로 서지 못하지요. 글을 쓰는 과정에서도 사춘기가 찾아옵니다. 사춘기를 얼마나 잘 넘기느냐에 따라 인생의 많은 것이 달라지듯 글쓰기의 사춘기도 그렇습니다.

글쓰기 사춘기가 되면 내가 싫어집니다. 초라하고, 부족해보이고, 한심해보이고, 가능성이 없어보입니다. 이렇게 써서 뭐가 되겠나, 때려치우자 등 생각이 많아집니다. 내가 쓴 글이 마음에 들지 않기 때문에 일어나는 일인데, 내 글이 마음에 들지 않는 그때가 바로 폭풍 성장이 일어나는 글쓰기의 사춘기입니다. 이건 여러분이 그간 열심히 써왔다는 증거예요. 지금껏 뭐라도 쓰지 않았다면 사춘기는 결코 찾아오지 않거든요.

지금 눈에 보이는 책을 아무거나 들어서 아무 곳이나 펼쳐보세요. 말쑥하죠? 술술 읽히죠? 나는 언제쯤 이런 문장은 쓸 수 있을까, 부럽죠? 그렇지만 그것과 지금 내 글을 비

교할 필요가 없어요. 앞서 한참을 설명했듯 그곳에 담긴 문
장은 저자가 반복해 읽으며 여러 번 고쳐낸 결과물이고, 편
집자가 달려들어 최종 검토를 마친 완성품이거든요.

모든 초고는 쓰레기다. - 톨스토이

오늘 내가 쓴 글은 쓰레기예요. 지저분하다는 게 아니고,
버려질 것이라는 의미입니다. 이게 버려져야 제대로 된 글
이 틈을 비집고 올라옵니다. 그렇게 만드는 게 고쳐 쓰기입
니다. 최고의 글쓰기는 그래서 고쳐 쓰기입니다.

빠르게 써내려가기

고쳐 쓰기가 얼마나 유용한 글쓰기 방식인지, 얼마나 필
수적이고 최고의 방식인지 모르던 시절, 저의 글쓰기 속도
는 매우 느렸습니다. 한참을 생각하고는 한두 문장을 적어
내는 것도 힘들었어요. 잘 쓰고 싶었거든요. 고쳐 쓸 필요가
없는 제대로 된 멋진 글을 한 번에 써야 하는 줄 알았어요.
한 번 쓴 건 웬만하면 고치면 안 된다는 생각은 왜 하게 된

건지, 처음 쓴 글 그대로를 거의 고치지 않고 묶어서 보낸 게 첫 투고였고, 그런 수준 이하의 글로 덜컥 책의 저자가 되었으니 인생의 모든 운은 그때 다 탕진한 셈입니다. 뭐, 그런 시절도 있었습니다. 그런 무식한 시절도 필요합니다.

지금은 글쓰기 속도가 눈에 띄게 빨라졌습니다. 한컴 타자 연습 프로그램 열어놓고 한글 타자 빨리 치기 중이었다면 최소 300타는 족히 나오겠다 싶은 속도로 빠르게 백지를 채워갑니다. 무언가를 보고 베껴서 치고 있는 것으로 착각할 만큼 빠른 속도로 씁니다.

'이 사람이 매일 쓴다더니 이제는 글을 엄청 잘 쓰나 보다. 지금 잘난 척을 시작한 거구나.' 오해하실 수 있지만, 그럴 리가요. 고작 5년도 쓰지 않은 사람이 단번에 그리 잘 쓰게 되다니요. 적어도 제게 그런 일은 일어나지 않았습니다. 글은 결코 그런 게 아닙니다. 지난 5년 동안 저는 점점 잘 쓰게 되지 않았고, 점점 막 쓰게 되었습니다.

정성 들여 쓴 초고도 다시 읽어보면 어차피 사방이 고칠 곳 투성이라는 걸 절절히 경험하고 나자 슬며시 생각이 바뀌었습니다. 초고를 쓰기 위해 들였던 정성과 시간이 새삼 좀 아깝게 느껴지기 시작한 거죠. 어차피 이럴 거면 일단 빠르게 막 쓰자, 막 써놓고 잘 고치자는 쪽으로 마음이 기울었습니다. 최근 몇 년간 제가 한 결정 중 3위에 오른 획기적인 결심이었습니다. (1위는 살을 좀 빼기로 한 것이고 2위는 옷을 그만 사기로 한 것입니다.)

결심 이후 저의 글쓰기는 눈에 띄게 성장했습니다. 비결은 빠르게 쓰기. 평소에 읽고 쓰기의 근육을 충분히 단련하고 글감, 단어, 문장을 충분히 수집하되 쓸 때만큼은 뒤도 돌아보지 않고 거침없이 쓰기 시작했습니다. 자리에 앉자마자 노트북을 켜고 쓰던 중인 파일을 열어 쓰기 시작하고, 손을 움직이며 키보드 위에서 생각을 시작합니다. 생각도 안 하고 무작정 쓰면 그게 글이냐, 라는 오해를 받을 수도 있겠네요. 그런데 신기하게도 생각하지 않고 쓰기 시작한 글이 형편없고 초라하냐면 그렇지도 않더군요.

제 모든 책을 꼼꼼히 읽고 후기를 보내주는 후배가 있습니다. 인연을 끊고 싶을 만큼 날카로운 지적과 악평을 할 때도 있지만 그만한 애독자도 없기에 항상 고맙게 생각합니다. 남편과 가족도 이제는 제 책을 읽어주지 않게 되자, 열심히 읽고 꼼꼼한 후기를 보내주는 후배가 고맙습니다. 저, 그 후배에게 칭찬받았습니다. 최근 들어 글이 눈에 띄게 발전했다는 후한 점수를 받은 겁니다. 최근 들어 더 심하게 빠르게 막 쓰고 있는데 평가는 올라갑니다. 막 쓰고 잘 고치자는 전략이 어느 정도 효과를 발휘하나 봅니다.

그러니까 지금 읽고 계신 이 글도 막 써놨다가 열심히 고친 글이라는 의미입니다. 초고는 궁금해하지 마세요. 진정 쓰레기입니다. 제가 다시 읽어도 이해가 안 되는 쓰레기 중의 쓰레기였습니다.

소리 내어 읽어보기

내가 쓴 글이니 내 눈에 훤해서 분명 고칠 게 있는 부드럽지 못한 문장인데도 눈으로만 훑고 넘어갈 때가 있어요. 눈으로 봐서는 잡아내는 데 한계가 있다는 거죠.

그러니 다 쓴 글을 고칠 때는 소리 내어 읽어보세요. 5학년 국어 시간에 대표로 일어나 교과서를 읽었던 것처럼 낭랑하게 읽을 필요는 없습니다. 내가 읽고 내가 들을 정도면 됩니다. 복화술하듯 중얼거리는 정도면 충분합니다. 그거라도 안 하는 것보다 훨씬 낫거든요.

소리 내어 읽으면 고쳐 쓸 때 도움이 된다는 얘기를 들은 건 쓰기 시작한 지 2년 정도 되던 시점이었고, 귀찮음의 노예이며 게으럼터지기로 단연 압도적 인간인 저는 진즉에 알았던 이 꿀팁을 최근에야 실천에 옮기기 시작했고, 뒤늦은 후회 중입니다. 아는 것과 실천하는 것 사이의 3년이라는 긴 시간이 아깝고 안타까워 게으름을 탓하는 중입니다.

저처럼 후회하지 말고 오늘부터 복화술을 시작해보세요. 우리도 턱턱 걸리지 않는 부드럽고 리듬감 있는 문장을 만들 수 있습니다.

인쇄해서 읽어보기

내가 쓴 글을 출력한 종이를 손에 들고 읽으면 '쓰는 사람'이 '읽는 사람' 즉 독자로 바뀝니다. 내가 쓴 글의 독자가 되는 거죠. 방금 노트북에 입력한 글을 눈으로 읽고, 소리 내어 읽으며 고쳤는데 인쇄해서 종이로 읽어보면 고칠 구석이 툭툭 튀어나옵니다.

나만 그런 게 아닌가 보다 싶기도 한 게, 책이 만들어져 최종 인쇄를 앞두고 하는 일이 바로 이것, 디자인을 마친 최종 파일을 굳이 그대로 인쇄해서 점검하는 일입니다. 화면으로 점검할 수 있는 파일이 멀쩡히 있음에도 책 분량 전체를 인쇄한 두꺼운 종이 뭉치가 저 멀리 파주의 출판사에서부터 집 마당까지 옵니다. 급할 땐 퀵으로 서울과 경기를 마구 오가는 때도 있는데, 종이 뭉치 배달을 위해 출판사에서 얼마를 쓰셨을지 대략 짐작만 할 뿐이지만 얼마가 들건 출간을 위한 필수적인 비용이라 여길 정도로 중요한 과정임은 분명합니다.

파일을 붙잡고 여러 번 확인할 때는 발견하지 못했던 오탈자, 불편한 문장, 쓰다 만 문장을 종이 위에서 발견할 때면 묘한 쾌감까지 들어요. 그 부분을 벅벅 지우면서 새로운 문장으로 고쳐달라는 메모를 남길 때의 성취감도 만만치 않고요.

모든 글을 인쇄해서 읽어볼 여력이 없을 수 있지만, 잘 쓰고 싶은, 잘 썼다 싶은, 좀 더 욕심나는 글이 있다면 출력해보세요. 누군가가 써놓은 책을 읽듯 마음을 멀찍이 떨어뜨린 채 3자가 되어 내 글을 읽어보는 겁니다. 분명히 고치고 싶고 잘 쓰고 싶은 곳이 눈에 들어오고야 맙니다.

고민될 땐 빼기
- - - - - - - - - - - - - - -

불필요한 조사가 여전히 남아 있지는 않은지, 비슷한 의미의 단어가 중복되지 않았는지, 결국 같은 얘기를 두 문장에서 반복하고 있지는 않은지를 살펴야 해요. 여차하면 빼버리겠다는 칼 든 무사의 심정으로 턱턱 삭제하면서 고쳐야 해요. 아까운 마음은 이해합니다만.

할까 말까 망설여지는 말은 하지 말라는 말 있죠. 쓸까 말까 고민되는 단어, 문장은 빼는 게 맞더라고요. 분량 줄어들까 아까워서 못 빼고 두었던 단어, 문장, 문단은 결국 끝까지 속을 썩이고야 맙니다. 마음에 든다는 이유로 글의 흐름을 불편하게 만드는 것들을 여전히 남겨둔 건 아닌지 조금 냉정하고 쿨한 심산으로 바라봐야 하는데, 애써 쓴 글을 (비록 한 문장이라도) 지우는 일이 간단하거나 유쾌하지는 않습니다. 그래도 해야 합니다.

제가 쓰는 사람으로서 조금씩 발전하고 있음을 실감하는 건, 공들여 쓴 문장, 애써 고른 단어, 한나절을 들여 완성한 문장이나 때로 글 한 편을 통으로 날리는 짓을 점점 자주하고 있기 때문이에요. 아깝지만 버리는 용기. 이거 포기해도 남은 글자들로 어떻게든 수습해볼 수 있을 것 같은 패기라고나 할까요. 저 좀 멋진가요?

　이래 놓고 살짝 패기 없어 보이는 행동을 굳이 밝히자면, 문장 단위 이상의 글, 그러니까 문장, 문단, 꼭지처럼 하나의 의미를 담고 있는 정도의 덩어리 글은 완전히 없애버리기 아까워 모아둡니다. '나머지'라는 이름의 파일을 따로 만들어 그곳에 차곡차곡 모아요. 시간이 지나 생각이 달라지고 좀 더 깊어진 후에 다시 열어보면 발효시켜 놓은 유산균 덩어리처럼 수북해지고 맛있어질 거라 기대합니다. 아주 사라지는 게 아니라고 생각하면 삭제 버튼을 누를 때 훨씬 더 과감해지기도 하니, 글을 잘 지우는 일에 익숙해지기를 바랍니다.

오늘의 글쓰기 과제는요

이제껏 썼던 글 중 한 편을 골라 고쳐 써보겠습니다. 어떤 글을 골라볼까요?

지금까지 글쓰기 수업을 함께하면서 과제로 쓰게 된 글들이 있을 거예요. 한 곳에 잘 모아두었다면 꽤나 두툼하겠지만 그러지 못해 한 장씩 돌아다니고 있어도 괜찮습니다. 다들 그렇게 시작하거든요. 또 이 책을 읽으면서 쓴 글이 아니어도 좋습니다. 예전에 썼던 일기도 좋고, 블로그에 올려둔 글도 좋습니다.

가장 마음에 드는 글을 골라보세요. 그래서 그 글을 더없이 자랑스러워질 만큼 꼼꼼하게 한 문장씩 고쳐보세요. 내 인생 최고의 글을 만나게 될 거예요.

덧붙임 과제

혹시나 내가 쓴 글을 다시 고치는 일에 흥미가 없다면, 제가 쓴 글을 고쳐 보세요. 본문 중 몇 줄을 드립니다.

[본문]

제가 쓰는 사람으로서 조금씩 발전하고 있음을 실감하는 건,

공들여 쓴 문장, 애써 고른 단어, 한나절을 들여 완성한 문장

이나 때로 글 한 편을 통으로 날리는 짓을 점점 자주 하고 있

기 때문이에요. 아깝지만 버리는 용기. 이거 포기해도 남은

글자들로 어떻게든 수습해볼 수 있을 것 같은 패기라고나 할

까요. 저 좀 멋진가요?

종강 ───────── 글 쓰는 사람이
                많아졌으면 좋겠습니다

나는 글 쓰는 사람이 많아졌으면 좋겠다.
누구나 작가가 될 수 있다고 선동하는 게 아니라
글 쓰는 사람이 따로 있지 않다는 심심한 진실을 말하고 싶다.
– 은유, 《글쓰기의 최전선》 메멘토

어린 두 아이를 두고 16층 베란다에서 뛰어내려야겠다고
다짐했던 철없고 돈 없는 엄마가 있었습니다. 깊은 우울증
으로 가정과 육아는 엉망이 되었고 죽을 용기가 없었을 뿐
죽고 싶은 이유는 충분했습니다. 차마 뛰어내릴 용기가 부
족했고 손톱만큼 남은 용기를 쥐어짜 신경정신과를 찾았습
니다. 왜 이제야 왔냐며 나무라는 덤덤한 표정의 의사가 지
어준 약을 5년 넘게 먹어도 차도는 보이지 않았습니다.

당시의 제게는 남들이 부러워하는 제법 괜찮은 직장이
있었지만 나가 일할 수 없는 몸과 마음이었습니다. 생활비
는 언제나 부족했고 뭐라도 해서 얼마라도 벌고 싶은 마음

에 글을 쓰기 시작했습니다. 이거라도 해서 일상을 되찾고 싶었고, 가정을 지키고 싶었고, 더 정확히는 '나'라는 사람을 다시 만나고 싶었습니다.

덕분에 바라던 돈을 얻었고, 오랜 마음의 병에서 벗어나 진정한 '나'를 만나게 되었습니다. 내 힘든 사연을 쏟아내는 글을 쓴 것이 아니었고, 그저 책이 되어 누군가에게 읽힐 수도 있을 만한 것들을 누더기처럼 꿰매느라 애쓴 것뿐인데 그 시간이 쌓여 신기하게도 오랜 우울증에서 벗어나게 되었습니다. 약을 끊었고, 제대로 힘내어 살고 싶어졌습니다. 그 시간과 글들이 쌓여 비슷한 처지의 힘든 시간을 보내는 이들을 글로 위로할 수 있는 사람이 되었습니다.

글 쓰는 사람이 많아졌으면 좋겠습니다.

일상이 힘에 부치게 느껴진다면, 그럴수록 더욱 글을 쓰면 좋겠습니다. 터널이 너무 어둡고 길어서 아무리 열심히 노력해도 끝이 안 보인다면 글을 써보면 좋겠습니다.

지난 5년, 제가 무언가를 쓰는 시간 동안 한결같이 알 수 없는 표정으로 설거지와 빨래를 도맡아 해준 남편 성종 씨에게 애정과 감사의 깊은 마음을 전합니다.

몇 장짜리 초고가 이토록 어엿한 한 권의 책이 되기까지 줄곧 따뜻한 고민을 함께해주신 편집팀에 감사드립니다.

그간 책들을 통해 연을 맺은, 듬뿍 정들어버린 독자님들과 이 책을 통해 새로이 만나게 될 독자님들께 반가움을 표현하고 싶습니다.

열심히 읽어주셨으니, 이제 좀 써볼까요?

첫 문장을 쓰고 나면,

어떤 흐름이 당신을 마지막 문장까지 이끌어줄 것입니다.

- 파울로 코엘료